글삶 장편 소설

FUSION FANTASTIC STORY

세상을
다가져라

GET ALL
THE WORLD

세상을 다 가져라 1권

글삶 장편 소설

초판 1쇄 찍은 날 § 2014년 2월 12일
초판 1쇄 펴낸 날 § 2014년 2월 23일

지은이 § 글삶
펴낸이 § 서경석

편집부장 § 권태완
편집책임 § 이창진

펴낸곳 § 도서출판 청어람
등록번호 § 제387-1999-000006호
등록일자 § 1999. 5. 31
어람번호 § 제1-2057호

주소 § 경기도 부천시 원미구 부일로 483번길 40 서경B/D 3F (우) 420-822
전화 § 032-656-4452　팩스 § 032-656-4453
http://www.chungeoram.com
E-mail § chungeorambook@daum.net

CONTENTS

세상을
다 가져라
GET ALL
THE WORLD

제1장

양자이동장치

눈을 떴다.

'지금 몇 시지?

혁준은 부스스한 눈을 부비며 폰을 집어 들었다.

PM 04:32.

'몇 시에 잤더라?

정확히 몇 시였는지는 기억이 나지 않는다. TV에 찍혀 있
던 AM 08:12라는 숫자가 문득 떠오르긴 했지만 어제 본 건지
오늘 본 건지 명확하지 않았다.

'하긴 무슨 상관이라고……'

어차피 매일같이 반복되는 일상이다. 그리고 의미 없이 흘러가는 시간이다. 몇 시에 잤든, 또 몇 시에 일어났든 중요하지도 않고 상관도 없다.

그랬다.

나이 마흔둘에 회사에서 쫓겨나 하루아침에 백수 신세로 나앉게 되고부터 어느덧 2년.

그의 하루하루는 그렇게 의미 없는 것이 되어버렸다.

"흐아아암."

정신이 좀 들자 뒤늦게 하품이 나온다.

켠 듯 만 듯 기지개를 켜고 침대에서 몸을 일으켜 앉았다.

안경을 찾아 끼고는 습관처럼 머리맡에 둔 리모컨을 집어 들어 TV를 켜고 채널을 돌렸다.

딱히 뭘 보고 싶다는 생각은 없었다.

이 또한 그저 백수의 무료한 생활 습관 중 하나일 뿐이다.

그렇게 습관적으로 채널을 돌리다 멈춘 곳은 시사 채널인지 과학 채널인지 모를 잡스러운 프로였다.

한눈에 보기에도 따분해 보이는 프로에 채널을 멈춘 것은 그런 잡스러운 것에 관심이 있어서가 아니라 데스크에 앉아 있는 여성 아나운서가 단지 그의 취향이었기 때문이다.

"그러니까 박사님 말씀은 만일 시간여행이 가능해지더라도 과거의 자신과는 만날 수 없다는 말씀이시죠?"

"그렇습니다. 우리 뉴트리노 연구소가 오랜 시간 연구한 결과 일심성 공존 불가의 법칙, 다시 말해 완벽히 동일한 입자는 같은 시공간에 존재할 수 없다는 것을 밝혀냈습니다."

"그럼 시간여행을 하게 되면 어떻게 되죠? 과거의 자신과 현재의 자신 중 하나는 사라지는 건가요?"

"아직은 연구가 마무리되지 않은 관계로 정확히 어떻게 된다고 확언할 수는 없지만……."

거기까지 듣고 있던 혁준은 이내 채널을 돌렸다.

요즘은 어디를 가나 허구한 날 시간여행 타령이다.

수년 전 가설로만 존재하던 힉스 입자의 존재가 마침내 증명되었다. 또 얼마 전 발견된 제2의 뉴트리노는 기존의 뉴트리노가 가진 한계성을 뛰어넘어 빛보다 빠른 것은 물론이고 실용까지 가능하다고 알려졌다.

그로 인해 세상은 온통 시간여행이니 타임머신이니 하며 떠들어대고 있었다. 매일같이 새로운 가설이 생겨나고, 새로운 가설이 생겨나기 바쁘게 그 가설을 반박하는 또 다른 가설이 발표되었다.

인류가 처음 달 착륙에 성공했을 때 우주여행 상품이 화제가 되었던 것처럼 어느 여행사에서는 시간여행 패키지 상품까지 내놓는 곳도 있었다.

지금의 시간여행 붐은 마치 밀레니엄 시대에 세상의 종말을 외쳐 대던 노스트라다무스 신드롬과도 비슷했다.

물론 혁준은 세상의 종말도, 시간여행도 믿지 않았다.

그의 눈엔 그저 팔자 좋은 인간들의 정신 나간 짓거리로밖에는 보이지 않았다.

다시 습관적으로 리모컨을 돌리다 이내 그것마저 시큰둥해진 혁준은 담배 한 개비를 찾아 물었다.

그런데 라이터가 보이지 않았다.

'분명 여기에 놔뒀는데……'

혹시나 싶어 침대 옆과 밑바닥을 살폈지만 어쩐 일인지 종적이 묘연했다.

'라이터라곤 그거 하나밖에 없는데……'

어차피 마트에서 파는 500원짜리 싸구려 라이터였다. 별로 아깝지는 않았다. 다만 당장 담배 한 모금이 아쉬울 뿐이었다.

"어떡한다?"

그냥 참자니 기상 연초의 개운함이 아쉽고, 그렇다고 라이터를 사러 밖으로 나가자니 몸에 밴 게으름 탓에 귀찮기만 하다.

하지만 그의 뇌는 이미 철저하리만큼 니코틴의 마력에 길

들여져 있었다. 지금 참는다 해도 어차피 한 시간도 버티지 못할 것이 뻔했다.

결국 잠시간의 고민 끝에 끈덕지게 들러붙는 귀찮음 덩어리를 떨쳐 내고는 주섬주섬 추리닝 바지를 챙겨 입었다. 한쪽 주머니엔 담배를 구겨 넣고, 이젠 시간을 보는 용도 말고는 달리 쓸 일이 없게 된 스마트폰을 다른 한쪽 주머니에 넣었다.

그렇게 집을 나섰다.

*　　　*　　　*

'저건 뭐지?'

아파트 단지 내의 주차장을 지나가는데 혁준의 눈에 괴상한 물체가 보였다.

길가 놀이터였다. 그리고 괴상한 물체는 봅슬레이처럼 생긴 어떤 커다란 깡통 상자였다.

대체 저게 뭔가 싶어 놀이터로 걸음을 옮기던 혁준은 채 세 걸음도 걷기 전에 우뚝 멈췄다.

그다지 보기 좋은 몸들도 아니건만 웃통까지 훌러덩 벗어 젖히고는 깡통 상자에 들러붙어서 뭔가에 열중하고 있는 세 명의 대학생이 눈에 보인 때문이다.

'바보 삼형제…….'

익히 아는 학생들이다.

바로 옆집에 살아서도 그랬지만 무엇보다 그들이 이곳 청우아파트에서는 유명인사이기 때문이다.

일단 스펙부터가 남달랐다.

각종 과학경시대회를 휩쓴 것은 물론이고 최고의 권위를 자랑하는 국제올림피아드에서 각기 물리, 화학, 지구과학 분야를 석권한 천재들이었다.

하지만 그들이 유명세를 타게 된 것은 그러한 스펙 때문이 아니었다.

천재 셋이 뭉쳤으니 그 화학작용으로 어마어마한 발명이라도 할 줄 알았더니 이건 허구한 날 사건 사고였다.

언젠가 한 번은 스마트TV의 혁신이라면서 셋톱박스를 가져온 적이 있었다.

그 셋톱박스를 TV랑 연결만 하면 세상에 존재하는 모든 전파를 잡을 수 있다는 것이다. 심지어 마음만 먹으면 알카에다의 비밀 무전을 들을 수 있는 것은 물론이고 암호 해독까지도 자동으로 된다고 했다.

사실 이미 그때도 아파트 단지 내에서는 워낙에 악명을 떨치던 과학 오타쿠들이라 일말의 불안감이 없던 것은 아니다. 하지만 그래도 그들의 스펙과 확신에 찬 눈빛에 혹해서 셋톱

박스를 TV에 연결했다.

그리고 그들이 준 리모컨으로 채널을 돌렸을 때,

콰앙!

폭발했다.

셋톱박스는 물론이고 이렇게 백수가 될 줄 모르고 지름신이 강림하사 무리하게 질러 버린 최신형 스마트TV까지.

벌써 2년이 넘었건만 TV가 놓여 있던 자리에는 그날의 참상이, 그 흔적이 아직도 선명하게 남아 있다.

웬만하면 엮이고 싶지 않은 녀석들이다.

그래서 급히 걸음을 돌리려는데 안타깝게도 이미 때가 늦었다.

"어, 쭌이 형님!"

녀석들 중 하나와 눈이 딱 맞아버린 것이다.

정말이지 내키지 않았지만 그렇다고 이제 와 모른 척할 수도 없는 일, 할 수 없이 멈춘 걸음을 다시 옮겨 녀석들에게로 다가갔다.

"이게 다 뭐야?"

"히히, 궁금하시죠?"

하나도 안 궁금했다. 하지만 예의상 궁금한 척하며 물었다.

"그래, 뭘 또 만드는 중인데 이렇게 거창한 거야?"

"양자이동 캡슐이요."

"양자이동 캡슐? 그건 또 뭔데?"

"간단히 말해 순간이동 장치죠. 그거 있잖아요. 스타트랙에서 사람들 이동시켜 주는 빔 전송 장치 같은 거."

"그러니까 이 깡통에 들어가면 스타트랙처럼 순간이동이 된다고?"

"바로 그렇죠."

"하……."

아니나 다를까, 또 해괴한 짓거리 중이다.

"왜, 이참에 타임머신도 만들지 그러냐?"

"에이, 우리가 무슨 어린앤가요? 그런 비과학적이고 비상식적인 걸 꿈꿀 나이는 지났거든요?"

"순간이동 장치는 그럼 과학적이고 상식적이냐?"

"당연히 과학적이고 상식적이죠. 사람의 입자를 정보화해서 그 정보를 이동시킨다. 이보다 더 과학적이고 상식적인 게 또 어딨어요? 지금까지야 사람의 입자를 정보화하는 데만도 천문학적인 시간이 걸려서 그저 공상과학 영화에서나 나왔지만 제2의 뉴트리노로 인해 이미 실현 가능한 단계까지 와 있다고요. 그걸 가장 먼저 실용화시키려는 게 지금 우리가 하고 있는 일이고요. 그러니까 준이 형님은 지금 그 역사적인 현장을 보고 계시는 거라 이 말씀이죠."

스스로 생각하기에도 뿌듯한 모양이다.

바보 삼형제가 척 하니 팔짱을 낀 채로 서로를 마주 보며 의기양양하게 고개를 끄덕여 댄다.

물론 혁준은 그런 분위기에 전혀 동참하고픈 마음이 없었다.

'순간이동은 무슨, 순간이동으로 저승길이나 안 가면 다행이지.'

혁준의 눈에는 양자이동 캡슐이 그저 언제 터질지 모르는 시한폭탄 정도로밖에는 보이지 않았다. 그런 위험천만한 물건과 가까기에 있어서 좋을 게 없었다.

"아무튼 수고들 하라고. 보기 흉하니까 웬만하면 그 더러운 젖꼭지랑 똥배들은 좀 가리고. 공해라고 공해."

그러고는 서둘러 발걸음을 떼어놓는데 뒤에서 바보 삼형제가 외쳤다.

"쭌이 형님, 오시는 길에 컵라면이랑 만두 좀 사다 주세요!"

"이봐 들. 벼룩의 간을 빼먹어도 유분수지, 나 돈 한 푼 못 버는 날백수야. 무직 인생이라고."

"저희는 배고픈 대학생이잖아요."

'그딴 시답잖은 것에 돈을 퍼부어대니 당연히 배가 고프지.'

그 말이 목구멍까지 올라왔지만 참았다. 어차피 부질없는 일이다. 충고가 먹힐 만큼 정신이 제대로 박혀 있는 녀석들이면 애당초 지금 여기서 이러고 있지도 않을 것이다. 게다가 남의 인생에 뭐라 할 처지도 아니다.

그는 알겠다는 뜻으로 손을 흔들어주고는 이내 근처의 편의점으로 향했다.

*　　　*　　　*

'뉴트면?

제2의 뉴트리노, 그 진수를 담았다!

3분? NO! 3초면 OK!

초고속 즉석 라면으로 바쁜 현대인들의 시간을 보호해 드립니다!

"……."

어이 상실이다.

이젠 하다하다 컵라면까지도 뉴트리노 타령이다.

'녀석들 취향엔 딱이겠군.'

왠지 그럴 것 같았다.

"그래서 패스."

물론 녀석들의 괴상한 취향에 맞춰줄 생각은 전혀 없다.

뉴트리노니 시간여행이니 하는 그런 한심한 유행에 편승하고픈 마음도 전혀 없다.

혁준은 뉴트면 코너를 지나쳐 요즘 한창 '이런' 시리즈로 대박 흥행을 타고 있는 '이런 된장 맞을 라면'과 '이런 튀겨 죽일 우동', '이런 씹어 먹을 오징어짬뽕'을 대강 집어 들었다.

잊지 않고 라이터도 샀다.

그렇게 편의점을 나서려는데 문득 가판대 위의 잡지 한 권이 혁준의 시야에 들어왔다.

메디컬 관련 잡지였는데, 표지에는 한 동양계의 여의사가 아프리카 오지에서 기아로 죽어가는 아이들을 돌보는 사진이 찍혀 있었다.

그것은 작년 퓰리처상을 수상한 보도 사진이었다.

그리고 그 퓰리처상의 모델이 된 여의사는 한국의 나이팅게일로 불리며 일약 한국에서 가장 아름다운 여인이 되어 만인의 사랑을 받고 있었다.

'박서인……'

알고 있다.

아니, 단지 알고 있는 정도가 아니라 그와는 특별한 인연이 있었다.

누가 들으면 개소리 말라며 콧방귀도 안 뀌겠지만, 저 사진

속 여인은 그의 첫사랑이었다.

물론 짝사랑이다.

용기를 내지 못해 고백 한번 제대로 하지 못한.

'만일 그때 용기를 냈더라면 내 인생이 좀 달라졌을까?'

저 사진을 볼 때면 어쩔 수 없이 아쉬움이 돋아난다.

하지만 혁준은 이내 사진에서 눈을 뗐다.

정말로 시간여행이 가능해져서 과거로 돌아갈 수 있다면 모를까, 그렇지 않은 다음에야 부질없는 미련일 뿐이다.

그렇게 편의점을 나온 혁준은 나서는 길에 참고 있던 담배 한 개비를 입에 물었다.

그 와중에도 혹시 보는 눈이 없나 살폈다.

요즘은 흡연이 죄인 세상이니까.

특히 길거리에서의 흡연은 각종 눈총과 벌금, 비난을 유발했다.

그래서 어지간하면 길거리에서의 흡연은 자중하는 편이지만 지금은 정말이지 너무나 당겼다.

딸칵—!

라이터를 켜 담배에 불을 붙였다.

한 모금을 깊게 들이켜 메말라 있는 오장육부를 니코틴으로 적셔주자 잠들어 있던 온몸의 세포가 그제야 기지개를 켠다.

정신도 한결 맑아지고 몸도 한결 가벼워졌다.

그리고 잊고 있던 한 가지가 뒤늦게 생각이 났다.

"아, 맞다. 만두!"

컵라면만 사고 만두를 사지 않았다.

'절대로 그냥 넘어갈 녀석들이 아닌데……'

먹는 것에 관해서만큼은 타협이란 걸 모르는 녀석들이다.

'이거 내 돈 들여 사주고도 욕먹게 생겼는데?'

얻어먹는 주제에 핀잔에 투정, 불만까지 삼종 세트로 꽉꽉 채워서 퍼부어댈 게 뻔했다.

생각만으로도 머리가 지끈거려서 잠시 다시 편의점으로 돌아갈까 하는 생각도 했다. 하지만 이미 편의점보다 아파트가 더 가까워진 상태였다.

역시 이놈의 귀차니즘이 문제다.

왔던 길을 다시 되돌아가려니 그리 먼 길도 아니건만 까마득하게 느껴졌다.

그래서 관뒀다.

'만두가 꼭 먹고 싶다면 지들더러 사오라지, 뭐. 그 잘난 양자이동인지 뭔지 그거 이용하면 간단하겠네.'

그렇게 한 줌 남은 미련도 훌훌 털어버리고는 바보 삼형제가 있을 놀이터로 향했다.

그런데 어쩐 일인지 바보 삼형제가 보이지 않았다.

텅 빈 놀이터에는 양자이동 캡슐만이 덩그러니 남겨져 있었다.

"배고프다며 라면 사오랄 때는 언제고 이것들이 그새 어디로 사라진 거야?"

괜스레 짜증이 치밀었다.

그냥 컵라면만 던져 놓고 들어가 버릴까 하는 생각도 했다.

하지만 그랬다가 누가 슬쩍 훔쳐 가버리기라도 하면 바보 삼형제가 득달같이 달려와서 라면 내놓으라며 빚쟁이처럼 굴어댈 게 뻔했다.

그래서 잠시 기다려 보기로 했다.

그런데 늦다.

어떻게 된 일인지 기다린 지 15분이 지나도록 감감무소식이다.

언제 올지 모르니 포기할 타이밍을 잡기도 애매한 상황.

그렇게 무료하고 심심한 시간을 보내다 보니 자연스레 양자이동 캡슐로 눈이 갔다.

"호오!"

외형은 검붉게 녹까지 잔뜩 슬어서 볼품이 없었는데 그 안을 들여다보니 전자계기판 같은 것이 제법 그럴듯하게 설치되어 있었다. 그리고 그 전자계기판에는 무슨 뜻인지 알지 못할 영문과 숫자가 가득했다.

그런데 그 많은 영문과 숫자 중 유독 눈에 띄는 것이 하나 있었다.

"0.26km?"

그 숫자가 유독 눈에 들어온 것은 계기판에 적혀 있는 것 중 유독 가장 큰 글씨로 쓰여 있었기 때문이다.

"혹시 이게 순간이동할 위치인 건가?"

그러고 보니 그 밑으로 경도와 위도를 나타내는 숫자도 보였다.

"0.26km라……. 근방 3백 미터 내에 녀석들이 관심을 가질 만한 게 있나?"

바보 삼형제의 그간의 행적을 비추어보면 결코 공터 같은 건전한 곳을 타깃으로 잡을 리가 없었다.

"가만, 그리고 보니 이 앞에 대중목욕탕이 있지?"

물론 갑자기 목욕이 하고 싶었을 리는 없다.

"여탕……."

녀석들의 평소 행동거지로 보면 노리는 건 여탕이 분명했다.

충분히 그리고도 남을 놈들이다.

혁준의 최신형 스마트TV를 참혹한 죽음으로 몰고 간 셋톱 박스도 성인 방송을 무료로 보고 싶다는 단순하고도 불순한 욕구에서 시작되었으니 말이다.

그나저나 거기까지 생각하고 보니 궁금해지긴 했다.

말도 안 되는 일이지만 혹시 정말로 순간이동을 해버린 것이라면?

그래서 지금 여탕이 바보 삼형제의 난입으로 아수라장이 되어버렸다면?

물론 그럴 리야 없겠지만 그래서 지금 그들이 여기에 없는 거라면?

무료함은 때때로 사람을 즉흥적이게 하고 호기심은 때때로 무모한 객기를 동반하기도 한다.

지금 혁준이 딱 그랬다.

대뜸 깡통 속으로 들어가 앉았다.

바보 삼형제가 정말로 순간이동 장치를 만드는 데 성공한 건지, 그들이 정말 여탕이라는 그 높고 큰 고지를 점령하고 진정한 용자가 되었는지 직접 확인해 보면 될 일이다.

작동법은 어렵지 않아 보였다. 거리를 표시한 숫자 옆에 친절하게도 'Start'라고 적힌 빨간 버튼이 있었다. 아마도 그것만 누르면 작동할 것 같았다.

하지만 막상 거기에 들어가 앉아 보니 선뜻 결심이 서지 않았다.

덜컥 겁이 났다.

'이러다 폭발이라도 하면……'

그땐 그야말로 인생 종치는 거다.

바보 삼형제라면 충분히 그의 인생을 끝장내고도 남을 위인들이었다.

지금이라도 당장 이 위험천만한 살인무기로부터 벗어나는 것이 현명한 일이었다. 하지만 왠지 그러고 싶지 않았다.

그 또한 무료함 때문일 수도 있고 호기심 때문일 수도 있다. 아니, 어쩌면 그냥 다시 나가기가 귀찮은 것인지도 모르겠다.

'아무렴 진짜로 죽기야 하겠어?'

바보 삼형제가 사람을 죽였다는 소리는 아직 못 들어봤다.

'에이, 몰라. 될 대로 되겠지.'

깊이 생각하는 것조차 이젠 귀찮다. 그래서 늘 그렇듯 결정은 빨랐고 결단은 더 빨랐다.

꾸욱.

버튼을 눌렀다.

순간,

위이이이잉.

계기판 오른쪽에 있는 동전만 한 크기의 빨간 램프에서 수십, 수백 줄기의 붉은빛이 뿜어져 나와 혁준의 몸을 훑는다.

"뭐야, 이건?"

왠지 기분 나쁜 느낌에 손으로 램프를 가리려는데 그때 어디선가 목소리가 들렸다.

[전송 대상을 스캔하는 중이다. 스캔이 완료될 때까지 움직이지 말 것. 안 그럼 뒈지는 수가 있다.]

'성재?'

기계음이 섞여 있긴 했지만 분명히 바보 삼형제 중 하나인 성재의 목소리였다.

어이없다.

아무리 베타버전이라고는 해도 이 무성의하고 무례한 말투는 뭐란 말인가?

그 버르장머리 없는 말투와 성재의 얼굴이 겹쳐 보인다.

왠지 그 어린놈이 자신을 면전에 두고 하는 말인 것 같아 울컥 화가 치밀기도 했다. 그러면서도 '스캔이 완료될 때까지 움직이면 뒈진다'는 말을 차마 무시하지 못하고 그대로 꼼짝 않고 있었다.

그렇게 2분 정도가 지났을 때다. 돌연 램프가 꺼지며 다시 목소리가 들렸다.

[스캔 완료. 전송 시작. 전송이 끝날 때까지 움직이지 말 것. 뒈지고 싶으면 한번 움직여 보시든가.]

이번엔 진석이었다.

'이것들이 아주 날 돌아가면서 엿 먹이는구만.'

그렇게 목소리가 바뀐 직후 이번에는 왼쪽에 있는 파란 램프에서 빛줄기가 뿜어져 나오기 시작했다.

조금 전 빨간 램프가 혁준의 몸을 훑는 느낌이었다면 파란 램프에서 나오는 빛줄기는 혁준의 몸을 감싸는 느낌이었다.

그런데 그때였다.

착시일까?

빛줄기에 닿은 그의 손이 모자이크처럼, 아니, 모래알처럼 산산이 부서지기 시작했다.

"뭐, 뭐야, 이게?"

손뿐만이 아니었다. 팔이며 다리며 할 것 없이 온몸이 그렇게 부서지고 있었다. 아니, 흐려지고 있었다.

놀란 마음에 급히 양자이동 캡슐을 뛰쳐나가려고 했지만 그때는 이미 손잡이를 잡을 손도, 뛰쳐나갈 발도 남아 있지 않은 상태였다.

"대체 뭐냐고, 이게!"

고통은 없었다.

충격이니 경악이니 하는 말로도 다 표현할 수 없는 심정이지만 신기하리만치 아무런 고통이 없었다.

그저 의식이, 아니, 세상이 그로부터 아득히 멀어져 간다는 느낌뿐.

그렇게 몸과 마음이 흐려져 가는 와중에 문득 떠오른 생각 하나,

'이것들, 양자이동인지 뭔지 정말 성공한 건가? 그럼 난 지금 여탕으로 가는 건가? 이런, 젠장! 그거 완전 개망신이잖아?'

모든 것이 새카맣게 변하기 직전 혁준이 마지막으로 떠올린 생각이다.

생각만으로도 소름이 돋는 일이지만, 그래도 그것이 아마 지금의 상황에서 그가 기대할 수 있는 가장 다행스러운 현실일는지도 몰랐다.

*　　　*　　　*

혁준이 사라지자 찬란히 빛나던 빛줄기도 이내 자취를 감췄다.

텅 비어버린 놀이터는 마치 아무 일도 없었다는 듯 고요했다.

아파트 경비 김 씨가 달려온 것은 그때였다.

"이 썩을 잡놈들이 또 이상한 짓을 벌였구먼. 사람이 좋은

말로 하면 좀 들어 처먹어야 할 거 아냐! 대체 이게 몇 번째냐고!"

단단히 화가 난 얼굴이다.

그도 그럴 것이, 한두 번이 아니다.

이 바보 삼형제가 하루가 멀다 하고 저질러 대는 사건 사고들에 아파트 단지 내에서 가장 골치를 썩는 사람이 바로 김 씨였다.

방금만 해도 바보 삼형제가 이상한 걸 만든다며 무서워서 놀이터로 애들을 못 내보내겠다는 민원이 쏟아져 들어왔다.

그래서 이렇게 득달같이 달려온 것인데.

"대체 이 잡놈들은 이런 괴상한 걸 버려놓고 또 어디로 내뺀 거야?"

이젠 참을 만큼 참았다.

더는 사정을 봐줄 수가 없다.

한번 호되게 본때를 보여줘야 할 때였다.

다시 한 번 민원이 들어오게 하면 그때는 절대로 인정사정 봐주지 않겠다고 이미 경고도 했다.

김 씨가 휴대폰을 들어 어딘가로 전화를 걸었다.

"거기 고물상이죠? 여기 고철 잔뜩 있으니까 얼른 와서 가져가요."

바보 삼형제에게 얼마나 중요한 물건인지는 모르지만, 그리고 얼마나 값나가는 물건인지는 모르지만, 남의 물건을 함부로 처분하는 것이 죄가 될 수 있다는 것도 알지만 김 씨는 이번만큼은 추호도 물러설 생각이 없었다.

"이렇게 된 이상 나도 이판사판이라고!"

무서울 것도, 두려울 것도 없었다.

적어도 김 씨에겐 청우아파트 102동 주민들의 열렬한 지지가 있을 테니까.

바보 삼형제의 역사적인 희대의 발명품은 그렇게 폐기처분되었다.

경비 김 씨에 의해.

고물상에서.

그렇게 허무하게…….

제2장

응답하라, 와이파이

얼마나 지났을까.

찰나인 것 같기도 하고 까마득하게 시간이 흘러가 버린 것
같기도 했다.

어쨌거나 새까맣게 변한 세상에 다시 빛이 돌아왔다.

그다지 밝은 빛은 아니었다. 그새 벌써 밤이 되어버리기라
도 한 건지 시야에 들어오는 세상의 풍경은 온통 야경(夜景)이
었다.

'여탕은… 아닌 건가?'

개망신은 당하지 않게 된 것 같으니 그나마 다행이긴 한데

이 이질감은 대체 뭐지?

혁준은 불현듯 떠오른 불길한 예감에 급히 자신의 몸을 살폈다.

그러다 소름 끼치도록 화들짝 놀랐다.

"우왁! 내 몸은 또 왜 이래?"

그대로였다.

평상시의 모습 그대로가 아니라 양자이동 캡슐 안에서 모래 알갱이가 되어버린 그 모습 그대로.

아니, 모래 알갱이 입자가 그때보다도 더 작아져 몸이 아예 투명해 보이기까지 했다.

"이게 대체 왜 이런 거냐고! 왜 원래대로 안 돌아오는 건데?"

눈앞이 다 깜깜해 왔다.

그 암담함의 끝에 도착한 것은 절망과도 같은 불길함이었다.

설마…….

"아니겠지?"

그래.

"설마 그럴 리가 없잖아?"

하지만…….

살아 있는 사람의 몸이 이런 상태일 리도 없다.

"정말 내가 죽기라도 한 거야?"

죽어서 유령이라도 되어버린 것일까?

바보 삼형제가 끝끝내 자신을 제거해 버린 것일까?

"꿈… 이겠지?"

그래, 꿈일 것이다.

꿈일 수밖에 없다.

차라리 꿈이었으면 좋겠다.

하지만 부질없는 바람이다.

안타깝게도 꿈이 아니다.

꿈이라고 하기에는 모든 감각이 지나치게 생생했다.

"결국 그 바보들 때문에 내가 죽어버린 거라고?"

비록 내세울 것 하나 없는 인생이었지만 이딴 식으로 허무하게 지난 40년 생을 마감하고픈 마음은 추호도 없었다.

졸지에 인생 종친 것도 억울할 판국인데 그것이 그런 바보들 때문이라고 생각하니 그야말로 머릿속이 새하얘질 정도로 화가 났다.

"야, 이 과학 오타쿠들아! 내 인생 어쩔 거냐고!"

목이 쉬도록 고래고래 육두문자를 날렸다.

보이지 않는 대상을 향해 이젠 잘 보이지도 않게 된 손발을 마구 휘저으며 분노를 터뜨렸다. 그렇게 한참을 분통을 터뜨려 대던 혁준은 문득 시야에 들어온 낯익은 건물에 멈칫했다.

"……?"

학교였다.

물론 단지 학교라는 것 때문에 혁준이 발광을 멈춘 것은 아니었다. 교문 앞에 커다란 글씨로 새겨져 있는 명패 때문이었다.

구양국민학교.

구양국민학교라니?

혁준이 놀란 눈을 동그랗게 떴다.

구양국민학교라면 혁준의 모교다.

"그럴 리가……?"

그럴 리가 없다.

말도 안 되는 일이다.

구양국민학교는 국민학교가 초등학교라는 명칭으로 바뀌기도 전에 이미 폐교가 되어버렸기 때문이다. 그리고 폐교가 된 그 자리에 아파트 단지가 들어섰고, 바로 그 아파트 단지가 지금 혁준이 살고 있는 청우아파트였다.

"설마… 아니겠지?"

대체 뭐가 어떻게 된 영문인지를 몰라 어리둥절해 있는데, 구양국민학교가 돌연 작아졌다. 아니, 작아진 것이 아니었다. 멀어지고 있었다.

당연히 학교가 움직인 것이 아니다.

움직이고 있는 것은 혁준이었다.

그리고 그 모든 것은 혁준의 의지와는 전혀 상관없이 진행되고 있었다.

"이건 또 왜 이러는 건데?"

이젠 정말이지 울고 싶은 심정이다.

그런 와중에 문득 생각나는 것이 있었다.

"혹시 지금 나 황천길로 끌려가고 있는 건가?"

정말로 죽은 것이라면 당연한 수순이다.

더구나 딱히 원한을 남겨둔 것도 없으니 원귀가 될 일도 없다.

'아니지. 원한이라면 딱 하나 있긴 하지.'

그를 이 지경으로 만든 바보 삼형제만큼은 씹어 먹어도 성이 차지 않는다. 하지만 이렇게 황천길로 끌려가는 것을 보면 원귀가 될 정도의 원한은 아닌 모양이다.

"정말 지금 나 건너지 말아야 할 강을 건너고 있는 거야?"

빠르지도 느리지도 않았다.

마치 조깅을 하는 정도의 속도로 어딘가로 끌려가고 있었다.

그런데 그렇게 끌려가는 중에 양옆으로 스쳐 지나는 풍경들이 왠지 낯설지가 않았다.

작은 문구점과 그보다 작은 구멍가게, 그리고 갈색 통기타로 쇼윈도를 코디한 레코드점······.

뭘까, 이 아련하고 그리운 느낌은?

익숙한 길이다.

스쳐 지나는 상가 하나하나가, 미로처럼 이어진 골목길 구석구석이 묻어둔 기억 속에서 새록새록 되살아난다.

그리고 그 기억의 끝에, 황천길이라 생각한 그 이끌림의 끝에 검붉은 벽돌로 쌓은 이층집이 있었다.

"이게 대체······."

알고 있다.

어찌 모를까.

자신의 유년기를 함께한 혁준의 집이다.

대체 뭐가 뭔지 알 수가 없다.

온통 뒤죽박죽이다.

이젠 이게 꿈인지 생시인지, 여기가 저승인지 이승인지도 알 수가 없게 되어버렸다. 아니, 그마저도 생각할 여력이 없었다.

유년기를 보낸 자신의 집에 도착한 순간, 혁준을 끌어당기는 힘이 부쩍 강해졌다. 그 강한 힘에 끌려 미처 대문을 열 틈도 없었다.

쓰윽 통과했다.

마치 유령처럼.

아니, 유령이니까.

뭔가 상당히 기분 나쁜 감각이 온몸을 훑고 지나갔다.

속이 메슥거리고 구역질이 올라오려 했다.

두 번 다시는 경험하고 싶지 않은 기분이다. 하지만 안타깝게도 바로 앞에 한 번의 고난이 더 기다리고 있었다.

현관문이다.

"그, 그만……."

무기력한 저항.

쓰윽—

이번에도 통과했다.

유령이니까.

"우욱!"

죽을 맛이다.

이젠 메슥거리다 못해 속이 다 뒤틀린다. 정신이 다 아득해올 지경이다.

그런데…….

"……!"

그런데 또 있었다.

"제발! 그만 좀 하자고!"

그렇게 눈앞에 나타난 방문을 보며 진저리를 치던 혁준은 불현듯 떠오른 생각에 소스라치게 놀란 눈을 했다.

그사이,

쓰윽―

방문을 통과했다.

하지만 이번엔 속이 메스껍지도, 구역질이 나지도, 위장이 뒤틀리지도 않았다. 지금 혁준은 그런 것을 느낄 정신조차 없었다.

과거에 살던 동네, 과거에 살던 집, 과거에 살던 방.

그리고…….

과거의 나.

거기에 있었다.

과거의 혁준이.

청춘의 한 장을 살던 젊은 날, 아니, 어린 날의 모습 그대로.

어린 날의 혁준은 자고 있었다.

하지만 반가워할 겨를이 없었다.

신기해할 새도 없었다.

지금 이 순간 혁준을 지배한 것은 경악과 공포였다.

"뭐, 뭐야?"

방 안으로 들어선 순간 지금까지와는 비교도 안 될 만큼의 강력한 끌림이 있었다. 지금까지보다 몇 배, 몇십 배나 더 강력한 힘으로 혁준을 끌어당기고 있는 것은 다름 아닌 과거의 혁준이었다.

아니, 끌어당기는 정도가 아니었다. 이건 숫제 빨려 들어가고 있었다.

그랬다.

모래 알갱이보다도 잘게 부수어진 그의 몸이, 유령처럼 투명하게 변해 버린 혁준의 몸이 방 안으로 들어선 순간 급격히 분열되기 시작하더니 쇳가루가 자석에 들러붙듯 그렇게 과거의 자신에게로 빨려 들어가고 있었다.

그리고 마침내 혁준의 몸이 과거의 자신과 닿았다.

그 직후,

파팟—!

TV 화면이 꺼지듯 시야도, 의식도, 그 존재마저도 기괴한 빛의 잔영만을 남기고 그렇게 꺼져 버렸다.

*　　　*　　　*

따르르르르르르르릉!

혁준은 귀를 찢는 알람 음에 잠에서 깼다.

"뭔 놈의 알람 소리가 이렇게 커?"

이불을 푹 덮어쓰고는 신경질적으로 팔만 뻗어 자명종을 껐다.

그러다 문득 의아한 생각이 들었다.

"자명종? 그딴 게 왜 있지?"

휴대폰 성능이 좋아지고부터 알람이든 시계든 휴대폰으로 대체한 것이 적어도 십 년은 넘었다. 더구나 백수가 된 이후로는 그 휴대폰마저도 알람 기능을 꺼두고 살았다.

"뭐지?"

어리둥절해하며 이불에서 나왔다.

아직 잠이 덜 깬 상태라 시야가 흐릿했다. 흐릿한 시야가 제대로 돌아오기까지는 약간의 시간이 필요했다.

얼마간의 시간이 흐른 후 보게 된 방은 그가 생각한 풍경이 아니었다.

"에?"

자신의 아파트가 아니다.

그렇지만 또한 자신의 방이다.

과거의…….

청춘의 고뇌와 땀과 열정이 고스란히 묻어 있는 공간.

그제야 무심결에 밀쳐 두었던 기억들이 살아났다.

"뭐야? 그럼 그게 꿈이 아니었어?"

꿈이 아니라면 그건 대체 뭐였을까?

그리고 과거의 자신은 어딜 가고 이 방 안에 그 혼자 덩그러니 남아 있는 것일까?

"가만, 그럼 내 몸은?"

불현듯 생각나서 자신의 몸을 살폈다.

모래 알갱이도 아니고 투명하지도 않았다.

"휴우……."

절로 안도의 한숨을 내쉬었다.

지금 그에게 있어 무엇보다 중요한 사실은 그가 아직 죽지 않고 살아 있다는 사실이었다.

그런데 짧은 소매 사이로 드러난 자신의 팔뚝이, 손이 왜 이렇게 낯설게 느껴지는 것일까?

마치 그 모든 게 자신의 것이 아닌 것만 같았다.

"설마……?"

지난밤의 일들이 동시에 겹쳐지며 순간 지독한 불길함이 엄습해 왔다.

혁준은 급히 거울을 찾았다. 그리고 자신의 얼굴을 비춰보았다.

그리고,

"우아아악!"

어찌나 놀랐는지 그 자리에 엉덩방아를 찧고 말았다.

정말이지, 깜짝 놀랐다.

온몸에 소름이란 소름이 죄다 돋을 지경이다.

거울을 통해 비춰진 얼굴은 그의 것이 아니었다.

아니, 자신의 얼굴이긴 했다. 단지 마흔이 넘은 중년 아저씨의 얼굴이 아니라 솜털 보송보송한 어린 날의 얼굴이라는 것이 그를 그토록 놀라게 만든 것이다.

혁준은 급히 책상 위를 살폈다.

거기에 있는 것은 고2 교과서와 참고서들이었다.

방 안을 둘러보았다.

그런 그의 눈에 벽에 걸려 있는 달력이 보였다.

1992년 5월.

"……"

솜털 보송보송한 얼굴, 고2, 1992년 5월…….

"하하, 농담이지?"

이젠 웃음밖에 나오지 않았다.

그도 그럴 것이, 지금 그는 고등학생이 되어 있는 것이다.

이 말도 안 되는 현실에 어떻게 진지해질 수가 있을까?

하지만 그렇다고 무작정 외면하고 부정할 수도 없는 일이다. 그러기에는 이 모든 것이 너무나 생생했다.

혁준은 애써 놀란 마음을 진정시키고 그간의 일을 정리해보았다.

양자이동 캡슐을 탔더니 유령이 되었고, 유령이 되더니 과거의 자신과 만났다.

왜 몸이 유령처럼 투명하게 변한 건지, 자신을 끌어당기던 힘은 뭐였는지, 자신이 과거의 자신에게 빨려 들어간 건 또 뭐였는지, 지금은 왜 이런 몸이 되어버린 건지 무엇 하나 명확한 게 없었지만 그래도 딱 하나 분명한 것이 있었다.

지금 자신이 있는 곳이 26년 전의 과거라는 것.

뭐가 어떻게 된 영문인지는 모르지만 26년 전으로 와버렸다. 그것도 26년 전의 여덟 살 몸으로. 그것만큼은 이미 너무도 생생한 현실이었다.

"그러니까, 뭐야? 내가 정말 열여덟 살 고딩이 되어버렸다는 거야?"

이 모든 게 꿈이 아니라면 그랬다.

하지만 역시 아무리 생각해 봐도 꿈은 아니었다.

"으……."

머릿속이 온통 뒤죽박죽이다.

그 뒤죽박죽인 머릿속을 진정시키는 데도 한참이 걸렸고, 어지러운 마음을 다잡는 데도 또 한참이 걸렸다.

그러고 나서야 겨우 작은 냉정이나마 찾을 수 있었다.

"그래, 좋아. 이게 정말 26년 전의 과거라고 쳐."

양자이동 캡슐인지 뭔지 어차피 그 바보 자식들이 만든 거니 아무리 괴상한 일이 벌어졌다고 해도 이상할 게 없으니까.

"열여덟 살 몸으로 빨려 들어온 것도 뭐, 그렇다고 쳐."

뭐가 어떻게 된 상황인지는 모르겠지만 지금 내 상태가 요 모양 요 꼴이니까.

"근데… 그럼 이젠 어떻게 되는 거야? 다시 돌아갈 수는 있는 거야? 그리고 원래의 내 몸은 지금 어디에 있는데?"

아무리 긍정적으로 생각하려고 해도 도무지 긍정적일 수가 없다.

무슨 수로 다시 돌아간단 말인가?

이 시대엔 타임머신은커녕 제2의 뉴트리노조차도 발견되지 않았다.

고작 기대할 수 있는 거라곤 바보 삼형제가 만든 양자이동 캡슐이 타임머신이란 걸 알고 그를 데리러 와주는 것뿐인데,

'그 바보들한테 기대를 할 바에야 차라리 지금이라도 돈데크만을 찾아 나서는 게 낫지.'

단언하건대 그들은 혁준이 사라진 것조차도 모르고 있을 것이 뻔했다.

게다가 원래의 몸이 과연 남아 있기나 한 건지 그마저도 확신할 수가 없다. 이미 가루가 돼서 지금 이 몸 안으로 빨려 들

어가는 것을 두 눈으로 똑똑히 목격하지 않았는가 말이다.

타고 갈 타임머신도 없고 다시 돌아갈 몸도 없다.

"그럼 영영 이대로 살아야 한다는 거야? 고딩인 채로?"

그러니까 그 말인즉슨 지긋지긋하던 고딩 생활로 다시 돌아가야 한다는 것이다.

"말도 안 돼!"

남들에겐 고등학교 시절이 추억이고 낭만일지 모르지만 혁준에게 있어 고딩 때의 기억은 그저 학업에 치여 밤늦게까지 공부만 해야 하던, 질풍노도의 시기에 쥐꼬리만 한 용돈으로 찌질한 청춘을 보내야 하던 그런 암울하고 암담한 시절일 뿐이다.

더구나 그의 인생에서 유일한 낙인 술과 담배는 또 어쩌란 말인가?

억압하고 단속하고 통제하는 것은 26년 후와 지금은 차원이 달랐다.

체벌이 너무나도 당연시되던 시대였다. 손가락에서 담배 냄새가 난다는 이유로 몽둥이를 무려 스물일곱 대를 맞은 적도 있다.

"고딩으로 다시 돌아갈 바에야 차라리 누구처럼 군대를 한 번 더 갔다 오고 말지!"

아니다.

이대로 계속 이 상태로 과거에 머문다면 얄짤없이 군대도 다시 가야 한다.

"정말 농담이지?"

농담이 아니다.

장난도 아니다.

"하하, 말이 안 되잖아, 말이! 말이 안 되는 거라고, 이건! 이런 개 같은 일이 어떻게 말이 되냔 말이야!"

으…….

으으…….

으으으으…….

"우아아아아아아아! 이런, 씨발! 돌아버리겠네!"

혁준이 다시 발광을 했다.

도무지 제정신으로는 있을 수가 없었다.

이대로 가만있다가는 정말이지 미쳐 버릴 것 같았다.

혁준이 그렇게 온 방을 미친 듯이 뛰어다니며 발광을 해댈 때였다.

벌컥!

돌연 방문이 열리며 앳된 얼굴의 소녀 하나가 불쑥 얼굴을 내밀었다.

"미쳤어?"

"……."

"욕구 불만이니?"

"……"

"그렇게 힘이 남아돌면 좀 이따 아래층 아저씨 이삿짐 옮기는 거나 도와주고, 이제 그만 씻고 밥 먹지? 학교 안 갈 거야?"

"……"

"뭐해? 얼른 씻고 밥 먹으라니까!"

그러고는 쾅 소리가 나게 문을 닫고 나가 버렸다.

"수… 진이?"

그와는 두 살 터울인 여동생이다.

"저 녀석이 저렇게 귀여웠나?"

살면서 수진이와는 딱히 돈독한 남매애를 과시하지는 못했다. 그다지 살뜰하지도 않았다.

녀석의 결혼식 때 잠깐, 결혼 후 이민을 떠날 때 공항에서 잠깐 가슴 한구석이 시리게 저려오기는 했지만 어린 날에는 그저 조금 성가시고 귀찮고 또 조금은 무서운 그런 존재였다.

그도 그럴 것이, 워낙에 똑 부러지는 성격이었다. 뭐든 혼자서 척척 잘해내고 성적 우수에 학급 반장을 한 번도 놓치지 않았다. 이번엔 학생회장에까지 선출될 정도로 모두로부터 신뢰를 받았다.

거기다 뒤늦게 학구열에 빠져 가정까지 나 몰라라 하고 유

학길에 올라 버린 대책 없는 엄마를 대신해서 그 어린 나이에
권 씨 일가의 살림을 도맡아 거뜬히 건사해 낸 여장부이기도
했다.

다시 말해 흔히 사내아이들이 여동생에게 가지는 앙증맞
고 사랑스럽고 보호해 주고 싶은 그런 로망과는 원체 거리가
먼 녀석이었다.

그랬던 녀석이다. 그런데 지금 보니 그렇게 귀엽고 사랑스
러울 수가 없다. 싸늘하게 쏘아보던 눈빛도, 거칠게 쏘아대던
말투도 마냥 예쁘게만 보였다.

열여덟 살에 보는 열여섯 살의 여동생과 거기에 26년을 더
살고 난 후에 보는 열여섯 살의 여동생이 참 많이 달랐다.

어리면 그저 마냥 좋은 아저씨 마인드라고나 할까?

아마도 수진이뿐만이 아닐 것이다.

앞으로 접하게 되는 열여덟 살의 모든 것이 열여덟 살에 보
고 느끼던 것과는 분명히 다르고 낯설고 새롭게 느껴질 것이
다.

그런 생각을 하니 조금 설레기는 한다. 하지만 그런 작은
설렘이 별안간 닥친 불행을 잊게 하진 못했다.

"그래, 안 가. 내가 지금 이 나이에 새파랗게 어린 고딩들
이랑 야자 트게 생겼냐고!"

학교는 안 가도 밥은 먹어야 했다. 잠에서 깨자마자 지랄

발광을 했더니 배가 더 고팠다. 이런 상황에서도 밥 생각이 나는 것을 보면 정말 죽지는 않은 모양이다.

그렇게 거실로 나온 혁준은 순간 멈칫했다.

'아버지……'

그러고 보니 아버지가 있었다.

미처 생각 못 했다.

26년 후와는 달리 지금은 아버지가 은퇴를 하지도, 귀농을 선언하지도, 그리해 시골로 떠나지도 않았다. 혁준의 보호자로서 열여덟 살의 혁준과 같이 살고 있었다.

"뭐하고 있어? 밥 안 먹어?"

혁준이 멍하니 서 있자 수진이 재촉했다.

수진의 재촉에 혁준이 식탁에 앉았다. 하지만 혁준의 눈은 여전히 아버지에게서 떨어질 줄을 몰랐다.

당연한 말이지만 26년 전의 아버지는 젊었다.

어떻게 봐도 그의 또래로밖에 보이지 않았다.

아니, 실제 나이 차도 고작 두 살밖에 나지 않는다.

어린 시절의 혁준에게 있어 아버지는 그야말로 절대자의 카리스마가 있었다. 또한 언제나 크고 든든하며 거대한 존재였다. 그런데 26년의 기억이 더해져 보게 된 아버지는 더 이상 크지도, 든든하지도, 거대하지도 않았다. 절대자의 카리스마는커녕 술자리에서 같이 야한 농담이나 주고받는 또래 친구들의 모습과 조금도 다를 바가 없어 보였다.

'좋게 말하자면 친근하고, 나쁘게 말하면 만만해 보인다고 할까?'

그때, 혁준의 시선을 의식했는지 아버지가 한마디 툭 내뱉었다.

"뭐해, 밥 안 먹고? 학교 안 갈 거냐?"

혁준의 아버지는 전형적인 경상도 분이셨다. 서울로 올라온 지 30년이 넘어 사투리는 많이 고쳐졌지만 그 무뚝뚝한 성격만큼은 30년 전이나 지금이나, 그리고 26년 후에도 한결같았다.

이왕 말이 나온 김에 혁준이 아버지에게 말했다.

"아버지."

"왜?"

"저 오늘 학교 쉬려고요."

"왜?"

"좀 아파서요."

그냥 학교를 그만두겠다고 말할까 하는 생각도 했다. 하지만 열여덟 살의 혁준이 된 지 이제 채 한 시간도 지나지 않았다. 앞으로 어떻게 살아가야 할지 아무런 계획도 없는 상태에서 무작정 학교를 그만두겠다고 할 수는 없었다.

그래도 어떻게든 오늘 하루는 쉬고 싶었다. 자신이 처한 상황에 대해서 차분히 생각할 시간이 절실히 필요했다. 게다가 몸 상태도 정말 안 좋았다.

아직 열여덟 살의 몸에 적응을 못한 때문인지 온몸의 감각이 엉망진창이었다.

분명히 보통처럼 말하는 것 같은데도 아버지의 목소리도, 수진이의 목소리도 마치 확성기를 틀어놓은 것처럼 귀를 쩌렁쩌렁 울렸다.

수진이가 만든 된장찌개를 한 숟가락 떠먹었더니 절대미각이라도 지닌 것처럼 그 안에 들어간 재료들이 하나하나 선명히 잡혔다. 코는 또 왜 그런지 사방팔방에서 온갖 잡냄새가 다 맡아져 골치까지 아파왔다.

그것이 좋은 건지 나쁜 건지, 아니면 일시적인 부작용인지, 그도 아니면 정말 무슨 큰 병이라도 걸린 건지는 모르겠지만 어쨌든 그런 낯선 감각들이 지금은 불쾌하고 어색하기만 했다.

"왜? 어디가 아픈데?"

그래도 하나뿐인 오빠라고 수진이가 걱정을 한다.

하나뿐인 아버지도 걱정한다.

"왜? 죽겠냐?"

"아뇨, 그냥 좀……."

"죽을 만큼 아픈 거 아니면 그냥 조용히 밥이나 먹어. 조금

아픈 건 학교 가서 열심히 공부하고 열심히 뛰어놀다 보면 다 낫게 돼 있다."

문제는 아버지가 고등학교를 무슨 미국의 존스 홉킨스 병원쯤으로 생각하고 있다는 게 문제였다. 게다가 빤히 바라보는 눈빛은 또 어찌나 매섭고 엄한지 절로 고개를 떨어뜨리게 만들었다.

만만해 보인다는 건 취소다.

예전처럼 그의 생사여탈권을 쥔 절대자의 카리스마는 아니었지만 나이가 비슷해서인지 이젠 마치 무섭기로 소문난 학교 일진 짱을 대하고 있는 듯한 느낌이다.

그러고 보니 이때의 아버지는 '매가 약이다'라는 명언의 신봉자였다. 그리해 아들의 엉덩이를 때리심에 한 점의 사정도 두지 않았다.

그러니까 결론은 아무리 미치도록 싫어도, 아무리 진저리가 쳐지도록 지긋지긋해도 학교는 가야 한다는 것이다.

나이 마흔 줄에 아버지한테 몽둥이질을 당하고 싶지 않다면 말이다.

*　　*　　*

다 늙어 아버지에게 몽둥이질을 당하기 싫은 혁준은 내키진 않았지만 등교 준비를 했다.

'이 나이에 책가방이 웬 말인지, 정말······.'

책가방을 어깨에 메고 있는 자신의 모습이 어색하다.

분명히 거울 속 자신의 모습은 책가방과 완벽하게 동화되어 있는 고등학생의 모습이지만 그 모습이 기괴하기만 하다.

"오빠, 여기 도시락. 오늘은 무조건 싹 비워. 어제처럼 반도 안 먹고 남겨 왔다간 벌금 5천 원이야. 오빠 대체 이 도시락의 가치를 알기나 하고 남겨 오는 거야? 이 혜원중학교의 여신 권수진 님이 직접 싼 도시락이라고 하면 남학생들 사이에선 아주 전쟁이라도 날걸."

그렇겠지.

집 앞에서 수진이가 나오길 기다리며 서성거리고 있는 저 꼬맹이들만 해도 이 도시락을 던져 주면 사생결단으로 배틀로열 매치를 벌일 테니까.

뭔가 감격스러웠다.

역시 열여덟 살 때 받는 여동생의 도시락과는 그 감흥이 달랐다.

이게 대체 몇 년 만에 받아보는 수진이의 도시락이란 말인가.

감격해서 와락 껴안아주고 싶은 마음인데 정작 나오는 말은 그것과는 반대의 말이었다.

"아무리 여신 권수진 님이 싼 도시락이라고 해도 일단 한 번 맛을 보면 그땐 여신이 아니라 마녀처럼 보일걸."

열여덟에 보던 열여섯 살의 수진이든 마흔이 넘어 보는 열여섯 살의 수진이든 수진이는 수진이다.

아무리 아저씨 마인드로 마냥 귀여워만 보이는 여동생이지만 도저히 오글거리는 말은 못 하겠다. 역시 이래서 습관이란 것이 무서운가 보다.

"뭐, 마녀?"

수진이 고운 눈썹을 상큼 치켜 올렸다.

"그러니까 내 도시락이 맛없다 이거야?"

"단지 맛이 없는 정도면 다행이게? 사람이 먹을 게 못 돼."

"내놔! 먹기 싫음 먹지 마! 오빠 아니어도 먹을 사람 얼마든지 있으니까!"

"됐거든. 권수진 님의 저주받은 요리 실력에 고통 받는 건 나 하나로 충분하거든. 이런 걸 두고 살신성인이라 하는 거지."

"살신성인 좋아하시네. 오빠는 살신성인이 아니라 그냥 살찐 성인이거든? 그 똥배는 대체 어쩔 거야? 고등학생 배가 그래도 돼? 도시락은 안 먹고 맨날 군것질만 해대니까 엄마가 벌써 오빠 성인병을 걱정하잖아!"

"누차 말하지만 똥배가 아니라 인격이라고, 인격."

"인격은 무슨, 고등학생 주제에……."

"고등학생이라고 인격이 없을 거라 생각하는 건 편견이거든? 아무튼 오늘은 이 오라버니가 살신성인하는 마음으로 싹싹 비워서 가져올 테니까 걱정 마시고 얼른 등교 준비나 하셔. 이제 학생회장이 됐으면 일찍 가서 타의 모범을 보여야 하는 거 아냐? 학생회장이 맨날 등교 시간 빠듯하게 뛰어가는 건 모양새가 너무 빠지잖아?"

"모양새 빠지는 게 아니라 오히려 모양새 사는 거거든요? 내가 빈틈없이 너무 일찍 가주면 여자애가 독하다는 소리밖에 더 듣겠어? 가끔 힘들어하는 모습도 보이고 이렇게 빠듯하게 등교도 해주고 해야 애가 참 어린데도 고생이 많구나, 참 열심히 사는구나 그렇게 생각하지. 하긴 오빠처럼 단순한 인간이 그런 오묘한 이치를 알 리가 없지."

"그래, 니 똥 참 굵다."

"야! 그게 여자한테 할 소리니!"

수진이가 꽥 소리를 지르자 그 목소리가 어찌나 날카롭던지 고막이 다 찌릿찌릿했다.

그래도 즐거웠다.

수진이와 이렇게 티격태격하는 게.

추억의 책장을 넘기는 것처럼 그립고 정겹고 마음이 훈훈해 온다.

그렇게 수진이와 티격태격 기분 좋게 하루를 시작한 혁준이지만 역시 등굣길의 발걸음은 무거웠다.

걱정이다.

돈에 치이고, 직장 생활에 치이고, 사람에 치일 때면 지나는 학생들을 보며 '참 좋을 때다' 라며 입버릇처럼 중얼거리곤 했다.

아무 걱정 없이 공부만 하면 되는 학생들이 참 팔자 좋아 보였다.

하지만 막상 다시 고등학교 생활을 해야 한다고 생각하니 앞이 막막했다.

'공부는 또 어떻게 하냐고.'

고등학교 때야 성적이 썩 나쁜 편은 아니었지만 지금 그는 고등학교를 졸업한 지 이십 년이 넘었다.

다 까먹었다.

영어 단어도, 수학 공식도, 지리, 역사, 세계사 등등…….

아예 백치 상태로 처음부터 다시 배워야 할 판이다.

'이왕 과거로 올 거면 학교는 졸업한 다음에 왔음 오죽 좋아?'

대체 왜 하필이면 고2의 이 치열한 시절로 돌아온 건지 이해를 할 수가 없다.

하지만 막상 학교에 등교해서 수업을 받다 보니 생각한 것만큼 그렇게 최악은 아니었다.

영어 단어들도, 수학 공식도, 원소 기호와 역사 연대표도 모두 다 어제 외운 것처럼 줄줄 읊어졌다.

'하긴 당연한 건가? 이 몸은 그래도 열여덟 살의 몸이니까.'

살도, 뼈도, 가죽도, 세포 하나마저도 전부 열여덟 살의 몸이다.

그러니 뇌도 열여덟 살의 뇌일 것이고 기억도 고스란히 열여덟 살의 것을 가지고 있을 것이다.

'그럼 자아만 바뀐 건가?

아니, 과연 바뀌긴 한 것일까?

마흔 살의 기억도, 열여덟 살의 기억도 모두 생생한 것을 보면 육체뿐만 아니라 기억도 합쳐졌다.

그럼 자아는?

두 개의 몸과 기억이 합쳐졌다면 열여덟 살의 자아는 어디에 있는 것일까?

'아니, 지금의 자아가 내 자아가 맞긴 한 거야?

그저 40년의 기억이 덧씌워진 열여덟 살의 자아는 아닐까?

그러고 보니 매 순간 맞닥뜨리게 되는 상황에 감정이 너무나 격하게 요동친다.

나이를 먹으면서 한 겹 두 겹 더해진 감정의 필터링이 모두

제거되어 버리기라도 한 것처럼.

'그럼 지금 난 사십 대 아저씨가 아니라 사십 년의 기억을 가진 십 대 고딩인 건가?'

헷갈린다.

그게 무슨 차이인지도 잘 모르겠다.

생각하자니 머리만 아프다.

그래서 지금은 그냥 큰 걱정거리를 던 것에 안도하기로 했다.

그나마 고등학교 때의 기억이 고스란히 남아 있으니 망정이지 그게 아니었다면 당장 성적부터 곤두박질쳐서 꽤나 고달픈 학창 시절을 보내야 했을 것이 아닌가.

하지만 기억이 고스란히 남아 있다고 해도 적응이 마냥 잘되는 것만은 아니었다.

"준아."

"어이, 혁준아."

"얌마, 권혁준."

여기저기서 던져 오는 반말이 영 기분 나빴다.

가끔 동창회에서 한 번씩 얼굴을 보고 있는 친구들이기는 한데, 그들의 어린 모습에, 그 어린 모습으로 반말을 찍찍 뱉어대는 싸가지 없음에 순간순간 움찔하게 되고 또 울컥하게 된다.

더구나 몸 상태도 엉망이다. 아침부터 이상하던 감각들이 조금도 나아질 기미가 보이지 않았다.

이건 마치 마약에라도 취한 듯한 느낌이다.

결국 혁준은 아프다는 핑계로 양호실에 짱박혔다.

덕분에 차분히 생각할 수 있는 시간은 생겼다.

학교에 등교하기 전까지만 해도 혹시 꿈은 아닐까, 혹시 어떤 케이블 TV 프로에서 자신을 가지고 장난질을 치는 것은 아닐까, 이 모든 게 사실은 전부 연극이고 신종 몰래카메라는 아닐까 의심을 하기도 했다.

혹시 몰라 카메라가 숨겨져 있을 만한 곳을 뒤져 보기까지 했을 정도다.

하지만 학교에 도착하고부터는 그런 의심이 싹 사라졌다.

자신이 뭐 대단한 사람이라고 이렇게 거창하게 몰래카메라를 할 리도 없고, 학교며 학우며 선생들까지 자신의 과거를 이 정도로 완벽하게 재현한다는 것도 현실적으로 불가능했다.

'역시 내가 과거로 온 건 확실하다는 건데…….'

아직도 얼떨떨하긴 했지만 억지로 현실을 부정하지는 않았다.

그렇게 여기가 과거라는 사실을 인정하고 나니 오히려 마음은 차분해졌다.

그리해 냉정히 지금 자신에게 닥친 일들을 정리해 보았다.

이왕지사 벌어진 일이다.

언제 다시 26년 후로 돌아갈 수 있을지 모른다.

아니, 아무리 머리를 굴려 봐도 다시 돌아간다는 게 불가능에 가깝다는 것만 거듭 확인할 뿐이다.

기억이 덧씌워진 것이든 뭐든 어쨌든 사십 년을 넘게 살았다.

기약 없는 희망으로 부질없이 기다리기에는 세상이 그리 호락호락하지 않다는 것쯤은 충분히 알고 있다.

그렇다면 주어진 환경에서 최선을 찾아야 했다.

'냉정히 생각해 보면 최악인 것만은 아닌데 말이야.'

대한민국 국민으로 살아가는 이상 고등학교는 마쳐야 하고 군대도 한 번 더 가야 될지도 모른다. 정말이지 생각만 해도 몸서리가 쳐질 정도로 싫지만 그럼에도 한 가지 희망적인 것은 한번 살아본 인생이기에 이전보다는 훨씬 더 성공한 인생을 설계할 수 있다는 것이다.

'아니, 단지 성공한 인생 정도가 아닐 수도 있잖아?'

다른 건 몰라도 그는 향후 26년의 미래를 알고 있다.

작게는 주식 동향에서부터 앞으로 누가 대통령이 되고 어느 정권이 대권을 거머쥐게 될지, 더 나아가서는 세계정세의 변화까지도 그는 알고 있다.

"이참에 확 세계라도 정복해 봐?"

세상을 움직이는 것이 정보의 힘이라는데, 까짓 못 할 건 또 뭐가 있으랴 싶다.

잠시 상상의 나래를 펼쳐 보았다.

하지만 상상의 나래는 얼마 날지 못하고 그 날개가 꺾여 버렸다.

미래를 알고 있는 것까지는 좋은데 이것을 막상 활용하려고 하니 그가 가진 미래의 지식이란 게 지극히 단편적인 것이었다.

향후 26년간 세계정세가 어떻게 변해가는지는 알지만 그 정보를 바탕으로 뭔가를 도전해 보기에는 그와 관련된 지식도 경력도 없었다.

향후 26년간 어떤 놀라운 것들이 발명이 되고 또 어떤 것들이 히트 상품이 되는지도 빠삭하게 알고 있지만 일개 샐러리맨이던 그로서는 그것을 어떻게 만드는지, 그 원리가 어떻게 되는지 그런 신기술에 대한 전문적인 지식도 없었다.

'이럴 줄 알았으면 로또복권 번호라도 하나 기억해 둘걸.'

그랬다면 일확천금이라도 노려볼 텐데 그마저도 지금 혁준에겐 그림의 떡일 뿐이다.

결국 그가 가진 얇디얇은 미래의 지식으로 할 수 있는 것은 고작해야 주식 투자 정도였다.

하지만 그것도 그리 여의치가 않았다.

평소에 주식에는 관심을 두지 않던 관계로 단기 투자는 아예 꿈도 못 꾸고 기껏해야 26년 후에도 살아남아 있는 기업들을 대상으로 장기 투자나 노려보는 게 그가 할 수 있는 전부였다.

'쳇! 투자는 또 어떻게 하고. 투자를 하려 해도 자본금이 있어야 할 거 아냐?

고등학교를 졸업하고, 군대를 가고, 대학을 나와서 직장을 잡기까지 십 년, 아끼고 아낀다고 해도 투자를 할 만큼의 종잣돈을 모으려면 거기서 다시 5년, 장기 투자인 만큼 제대로 재미를 보기까지는 적어도 거기서 십 년은 더 묵혀두어야 할 테니 도합 25년이다.

25년 동안은 과거에 살던 그대로 그렇게 다람쥐 쳇바퀴 돌듯 열심히 살아야 그나마 이전보다는 나은 삶을 살 수 있다는 결론이다.

"뭐야, 그게? 그럼 과거로 온 보람이 전혀 없잖아? 안 해! 안 하고 말아! 그럴 바에야 차라리 그냥 점집이나 차리고 말지."

돈벌이로 따지면 어쩌면 그게 더 나을지도 몰랐다.

"혹시 알아? 족집게 도사라고 소문이라도 나서 정재계 인사들까지 찾아오게 될지?"

유명한 점쟁이인 경우는 1년 벌이가 웬만한 중소기업 매출보다도 높다고 들었다.

생각하고 보니 살짝 마음이 동하기도 했다.

하지만,

'점쟁이라고 뭐 어디 아무나 하나?

미래의 얕은 지식 하나로 넘볼 만큼 만만한 세계가 아니었다.

언변도 좋아야 하고, 눈치도 빨라야 하고, 임기응변도 뛰어나야 한다.

"애당초 좋은 언변에 눈치 빠르고 임기응변도 뛰어났다면 구조조정이나 당해서 백수가 되었을 리가 없잖아? 이미 이사급 한자리는 차지하고 있었겠지."

그렇게 되고 보니 잠시 부풀었던 기대가 여지없이 박살이 나버렸다.

26년 후의 미래를 안다는 거, 참 쓸모도 없고 도움 되는 것도 없었다.

"아, 정말 어떻게 된 게 써먹을 게 하나도 없어?"

벅벅벅벅.

신경질적으로 머리를 벅벅 긁었다.

"이런 옘병!"

욕이 절로 나온다.

이 느닷없이 닥쳐온 현실이 미치도록 답답했다.

앞으로 겪어야 할 일들을 생각하니 돌아버릴 만큼 암담했다.

그리고 참고 또 참고 있던 담배가 환장하도록 당겼다.

'이럴 땐 한 대 딱 빨아줘야 하는데……'

안타깝게도 담배를 가져오지 않았다.

가져왔다고 해도 학주의 감시를 피할 자신도 없었다.

'미친 개코'라는 별명이 괜히 붙은 것이 아니었다.

그 순간 새삼 떠오르는 의문 하나.

'내가 미친 개코를 왜 무서워하는 거지?'

미친 개코라고 해봤자 서른도 되지 않은 젊은 선생이다.

늘 손에 들고 있는 사랑의 매만 아니면 곱상한 얼굴에 체격도 왜소해서 그가 두려워할 하등의 이유가 없었다.

'역시 습관이란 게 무서운 건가?'

아니면 정말 지금 자신이 생각하고 사고하는 모든 것이 열여덟 살의 것이기 때문일까?

"하아……"

생각하자니 또다시 머리가 지끈거려 온다.

정말이지, 무엇 하나 시원하게 풀리는 것이 없다.

학교만 해도 차라리 남녀공학이기라도 하다면 아저씨 마인드로 참 흐뭇했을 텐데 이건 눈에 띄는 거라곤 죄다 냄새나는 사내자식뿐이다.

이 척박하고 막막한 세상을 어떻게 헤쳐 나가야 할지 도무지 답이 나오지 않았다.

"우울하네, 정말."

잠시나마 장밋빛으로 빛났기에 다시 우중충해진 세상이 더 암울하게 느껴졌다. 마치 1등 당첨 복권을 받았다가 도로 빼앗긴 그런 맥 빠지는 기분이다.

*   *   *

혁준은 결국 조퇴를 했다.

마음이 우울하다 보니 양호실에서 뻗대고 있는 것조차 참고 견디기가 힘들었다.

다행히 이 무렵의 혁준은 그래도 나름 성실한 편이어서 별다른 의심을 받지 않고 순순히 조퇴증을 받을 수 있었다.

그렇게 학교를 나오니 가장 먼저 눈에 들어온 것은 근처 동네 슈퍼의 담배라는 푯말이었다.

잠시 잊고 있던 니코틴에 대한 갈증이 그 푯말을 보자마자 갑자기 확 당겼다.

혁준은 곧장 슈퍼 안으로 들어갔다.

"더원 하나 주세요."

혁준의 주문에 서른쯤 되어 보이는 가게 주인이 의아해한다.

"더원이 뭐죠?"

가게 주인의 질문에 혁준은 아차 싶었다.

이 시대에는 더원이 나오지 않았던 것이다.

잠시 자신이 고딩 때 어떤 담배를 피웠는지 떠올려 보았다.

'팔팔이었나?'

그건 사양하고 싶다.

군대에서 정말 질리도록 피웠다.

혁준은 담배가 놓여 있는 진열대를 쓰윽 훑었다.

'호오, 양담배도 있네?'

이 시절에는 사실 동네 슈퍼에서 양담배를 구경하는 것이 그렇게 흔하지 않았다.

"그럼 던힐로 주세요."

차마 금연은 못하겠고 건강은 걱정이 되고, 그래서 순한 담배로 바꾼 것이 더원이었다. 그리고 더원으로 바꾸기 전 즐겨 피우던 것이 던힐이었다. 던힐 전엔 말보로 미듐, 그전엔 말보로 레드. 그러고 보니 나이가 드는 만큼 담배 기호도 점점 순해졌다.

어쨌든 혁준의 주문에 가게 주인이 눈살을 찌푸린다.

고딩이, 그것도 학교 바로 앞에서 담배를 찾는 것도 어이없을 노릇인데 심지어 양담배를 달라고 하니 어지간히도 불쾌한 모양이다.

'이런 어린놈의 새끼가……!'

눈빛만 봐도 속마음을 읽을 수 있었다.

하지만 신경 쓰지 않았다.

그는 어린놈의 새끼도 아닐뿐더러 그의 눈엔 오히려 가게 주인이 더 어린놈의 새끼로 보였으니까. 게다가 이때만 해도 미성년자에 대한 술, 담배 판매를 그렇게 단속해 대던 시절도 아니었다.

아니나 다를까, 불쾌한 기색은 잠깐이고 이내 '폐암 걸려 뒤지든 말든 지 인생 지가 사는 거지'라는 표정으로 관심 없다는 듯 무심히 담배를 내민다.

담배와 함께 라이터까지 산 혁준은 그길로 슈퍼를 나와 바로 담배 한 개비를 빼 물었다.

교복을 입은 고등학생이 길거리에서 떡하니 담배를 빼 물자 오가던 사람들이 기분 나쁜 시선으로 힐끗거린다.

이 또한 신경 쓰지 않았다.

머릿속이 복잡해서 그런 것에 일일이 신경 쓸 정신도 없었다.

거기다 이 시대에는 길거리에서 담배 피우는 것이 위법도 아니었다.

"쓰으으으읍~!"

오래 참고 있던 만큼 한 모금을 최대한 깊이 빨아들였다.

그렇게 한참을 머금었다가,

"후우우우우우우~"

시원하게 내뿜었다.

"아아, 이제야 좀 살 것 같군."

정말이지, 이제야 좀 답답한 속이 풀린다.

담배 한 모금의 힘 덕분에 복잡하던 머릿속도 한결 개운해지고 어지럽던 마음도 진정이 되었다.

하지만 그것도 잠깐이었다.

아무도 없는 집에 도착해 열여덟 살 자신의 방에 들어와 보니 새삼 자신이 과거에 와 있다는 사실을 재인식하게 되었다.

숨이 턱 막혀왔다.

이 좁은 방 안이 감옥의 창살처럼 마음을 옥죄고 책상 위에 꽂혀 있는 교과서와 참고서가 마치 보이지 않는 손이 되어 심장을 조여 왔다.

"그래, 이건 아냐!"

이건 정말 아니다.

이대로 무기력하게 그저 흘러가는 대로 자신을 내맡겨 버릴 수는 없었다.

막막한 어둠뿐인 이 감옥과도 같은 현실을 어떻게든 바꿔

야 했다. 그러자면 역시 그가 가진 유일한 무기를 어떻게든
써먹어야 했다.

그가 가진 유일한 무기, 향후 26년간의 미래 정보.

…….

음…….

음, 음…….

"이것 참……."

아무리 머리를 굴려 봐도 나오는 건 그저 절망스러운 한숨
뿐이다.

도무지 써먹을 방도가 떠오르지 않았다.

정말이지, 그가 가진 지식이란 게 참 얄다.

결국 포기하고 침대에 벌러덩 드러누웠다.

그런데 그때였다.

"뭐야?"

뭔가 딱딱한 것이 등에서 느껴졌다.

"……?"

아침에 아무렇게나 팽개쳐 두고 나간 침대 위, 또한 아무렇
게나 구겨져 있는 이불.

딱딱한 무언가는 그 이불 아래에 있었다.

이불을 걷었다.

순간,

"어?"

혁준이 놀란 눈을 동그랗게 떴다.

"이게 왜 여기……? 아니, 이건 사라지지 않았던 거야?"

거기에 놓여 있는 것은 다름 아닌 미래에서부터 혁준이 입고 온 옷이었다.

흰 면 티와 추리닝 바지, 안경과 신발…….

이런 것이 남겨져 있을 줄은 생각도 못 했다.

"옷이 그대로라는 건 몸만 사라졌다는 건가? 가만, 입고 있던 옷이 그대로라는 건……."

그렇게 중얼거리던 혁준은 뭔가 생각났다는 듯 급히 추리닝 바지의 주머니를 뒤졌다.

먼저 찾아낸 것은 담배와 라이터, 편의점에서 컵라면 등을 사고 난 후 남은 얼마간의 잔돈이었다.

그리고 다른 한쪽 주머니에서도 미래의 물건 하나가 나왔다.

"……!"

그것은 놀랍게도, 아니, 당연하게도 혁준의 스마트폰이었다.

*   *   *

"스마트폰……."

옷가지도, 신발도, 안경도 모두 미래의 물건이지만 스마트폰은 완전히 다른 의미로 다가왔다.

스마트폰으로 무얼 할 수 있을지 이 순간 딱히 떠오르는 것은 없었지만 스마트폰을 보니 그래도 왠지 모르게 설레고 가슴이 떨려왔다.

스마트폰을 집어 들었다.

시간 이동을 하며 받은 영향 때문인지 화면은 꺼져 있었다.

"고장 났나?"

전원 버튼을 눌러보았다.

고장은 아닌 모양이다.

화면이 켜지면서 먼저 브랜드명이 떴다. 이어서 로딩 화면이 나오고 로딩이 끝나자 부팅 음이 흘러나왔다.

이어서 화면이 떴다.

"고장은 안 난 모양인데?"

무리 없이 작동도 되고 배터리도 만땅이었다.

스마트폰을 보고 있자니 순간 어떤 기대가 번쩍 스쳐 지나갔다.

혹시 뭔가 지금 시대에 써먹을 만한 것을 저장해 두지는 않았을까 하는 기대감이다.

급히 저장 자료들을 찾았다.

하지만 무려 200기가에 달하는 메모리는 텅텅 비어 있었다.

하긴 평소 폰으로 뭔가를 다운 받거나 저장을 하는 성격이 아니었다. 백수가 되고부터는 아예 시계 대용품으로만 사용했다.

"그럼 이걸 어디에 써? 전화도 안 될 텐데?"

무심결에 통화 버튼을 눌러보았다.

[지금은 고객의 사정으로 연결이 되지 않습니다. 다음에 다시 걸어주시기 바랍니다.]

아니나 다를까, 통화는 되지 않았다.

다른 번호로 걸어보아도 마찬가지였다.

"하긴, 아무리 전파라는 게 안 닿는 데가 없다지만 26년 후의 미래까지 닿지는 않겠지."

그렇게 생각하고 보니 문득 궁금해져서 이곳 집 전화로도 한번 걸어보았다.

[지금 거신 번호는 없는 국번이거나 결번이오니 다시 확인하시고 걸어주시기 바랍니다. The number you called is not in service. please check a number and try again.]

역시 되지 않는다.

"정말 이걸 어디에 써먹어?"

혹시…….

'그래도 미래 기술의 집합체이니 대기업 같은 데 팔면 돈 좀 만질 수 있지 않을까?'

순간 그런 생각도 떠올랐지만 이내 접었다.

그랬다가 출처라도 캐물으면 대답할 말도 없다. 더구나 이 정도의 물건이라면 국정원이 나선다고 해도 이상할 것이 없는 일이다.

그렇게 되면 정말이지 인생 제대로 꼬여 버릴 수도 있다.

"그럼 대체 이걸 어디에 써먹지? 전화도 안 되고, 그렇다고 인터넷이 될 리도 없고. 아니, 이때는 인터넷이 제대로 보급도 되지 않았던 것 같은데?"

답답한 마음에 그런 생각을 하며 다시 무심결에 인터넷 브라우저 앱을 클릭했다.

검색 사이트 창이 뜨긴 했다.

하지만 그거야 오프라인 상태에서도 보이도록 되어 있는 창이다.

검색 사이트가 뜨자 습관적으로 스포츠난을 클릭했다.

그런데,

"어?"

이번에도 화면이 제대로 떴다.

"어떻게 된 거지?"

이때까지도 혁준은 별다른 기대를 하지 않았다. 그저 약간의 오류이겠거니 했다.

하지만 스포츠난의 야구 카테고리를 클릭한 순간 그제야 뭔가 이상하다는 것을 깨달았다.

어제 일자의, 아니, 정확히는 그가 양자이동 캡슐을 타고 시간 이동을 한 그날의 프로야구 기록이 올라와 있었다.

전화는 안 되지만 인터넷은 된다? 그것도 26년 후의 것까지?

"설마……."

혁준은 급히 검색창에 이것저것 검색어를 입력해 보았다.

검색이 된다. 26년 후의 것만이 아니었다.

그다음 날의 것까지 검색이 되었다.

"대체 어떻게 된 거지?"

다른 건 다 과거에 있는데 어째서 이 스마트폰만은 미래와 통하고 있는 것일까?

그러고 보니 스마트폰의 시계도 26년 후의 시간으로 흐르고 있었다. 더욱 놀라운 것은 스마트폰의 시간이 흐르는 만큼 그 시각의 뉴스들이 실시간으로 업데이트되고 있다는 것이다.

다시 말해 혁준이 여기서 하루를 보낸 만큼 정확히 26년의 간격을 유지한 채 딱 그 하루만큼의 정보가 더해지고 있는 것이다.

'그렇다는 것은 기체는 여기에 있지만 이게 실제 존재하는 곳은 미래라는 건가?'

혁준의 머리가 빠르게 돌아갔다.

이해도 납득도 안 된다.

당연히 이유도 모른다.

하지만 하나 확실한 것은, 그리고 혁준에게 있어 무엇보다 중요한 것은 이제야 확실한 미래를 손에 거머쥐었다는 것이다.

"그러니까 앞으로 26년, 아니, 그 이상의 미래도 손바닥 보듯 훤히 알 수 있다는 거잖아? 400억짜리 로또 당첨 번호도?"

어디 400억 로또뿐이랴.

얕디얕은 지식으로 인해 채 펼쳐보기도 전에 접어야 했던 세계 정복의 꿈도 이것만 있으면 이루지 못할 것이 없다.

뭐가 어떻게 된 영문인지는 모르겠지만 이건 그야말로 금 나와라 뚝딱, 은 나와라 뚝딱 하는 만능 도깨비 방망이를 주운 셈이다.

"그래, 이것만 있으면 까짓 세계 정복이라고 못할 게 뭐 있겠어?"

생각하면 할수록 흥분된다.

너무 흥분돼서 손발이 다 떨렸다.

"흐……."

머리 꼭대기에서부터 발가락 끝까지 어떤 전율 같은 것이 짜릿한 쾌감을 남기며 훑고 지나간다.

"으흐흐……."

로또 당첨자들이 딱 이런 기분이 아닐까?

"으흐흐흐……."

아니, 어디 감히 로또 따위에 비할까?

이건 로또 당첨보다도 열 배, 백 배 더 큰 행운을 거머쥔 것이다.

정말이지 미치도록 기쁘고 환장하도록 흥분되었다.

결국,

"우와아아아하하하하하하!!"

함성인지 웃음인지 모를 괴상한 소리가 터져 나왔다.

바로 이거다!

"그래, 바로 이거야! 내가 바란 게 바로 이런 거라고! 까짓 세상, 죄다 가져 버리겠다 이거야! 와하하하하하하하하!!"

제3장
혁준 X 혁준

어제는 미치고 환장할 정도로 화가 나서 방 안을 방방 뛰어 다녔다면 지금은 미치고 환장할 정도로 신이 나서 팔짝팔짝 뛰어다녔다.

그런데 그렇게 벌써 세상을 다 가진 듯 신나하던 혁준이 문득 떠오른 생각에 소스라치게 놀랐다.

"가만, 아니지. 이게 언제까지 지금처럼 작동할지 아무도 모르는 거잖아?"

스마트폰이 미래와 통하는 것이 과연 언제까지 계속될지 는 정말 아무도 모르는 일이다. 이런 괴현상이라면 오히려 당장 신호가 끊어진다고 해도 이상할 것이 전혀 없었다.

생각이 거기에까지 미치자 뜨거워질 대로 뜨거워져 있는 머릿속이 급격히 차가워지는 느낌이 들었다.

"이러고 있을 때가 아냐!"

당장에라도 신호가 정지될지도 모른다는 생각에 급히 필기도구를 꺼내 들었다.

우선 10년 후 2002년부터 시작되는 로또 당첨 번호 중 1등 당첨 금액이 50억 이상인 걸로만 추려서 죄다 적었다.

이어서 단기 투자에 가장 효율적인 주식들을 골라 언제 사고 언제 팔아야 할지 그 정확한 시기까지도 빠짐없이 체크했다.

혁준은 장기 투자를 할 만한 곳도 몇 군데 더 뽑고 나서야 겨우 안심했다.

"이 정도면 스마트폰이 없어도 먹고사는 데는 지장 없겠지."

어디 지장이 없다 뿐일까?

평생을 떵떵거리며 살 수 있을 것이다.

어쨌든 그렇게 만일의 사태를 대비하고 나니 벌써 저녁때가 다 되어 있었다.

그 덕분에 주체 못 할 만큼 흥분해 있던 마음도 어느 정도 가라앉은 상태라 혁준은 스마트폰을 앞에 놓고 보다 현실적이고 실질적인 고민에 들어갔다.

스마트폰만 있으면 주식을 하든 사업을 하든 성공은 보장된 거나 다름없다. 하지만 주식을 하든 사업을 하든 먼저 갖춰져야 하는 건 종잣돈이다.

"그 돈을 어디서 구하지?"

스마트폰을 이용해 뭔가 돈을 벌 방법이 없을까 궁리를 해봤지만 마땅한 방법이 떠오르지 않았다. 아니, 스마트폰을 이용하면 돈을 벌 방법이야 무궁무진했다. 하지만 문제는 지금 자신이 미성년자라는 데 있었다.

이놈의 나라는 어떻게 된 게 미성년자가 혼자서 목돈을 벌 수 있는 길이 철저하게 막혀 있었다. 심지어 주식 계좌를 하나 개설하려고 해도 부모님의 동의를 얻어야 했다.

"아, 정말 어쩌지?"

그렇게 고민에 빠져 있는데 밖에서 인기척이 들렸다.

아버지나 수진이가 돌아온 모양이다.

나가보니 둘이 같이 현관문을 들어서고 있었다.

"어떻게 같이 와?"

수진이가 대답했다.

"이 앞에서 만났어. 근데 오빠는 언제 왔어?"

"아, 나도 방금 전에."

괜히 조퇴 얘기를 해서 좋을 게 없었다.

"아프다는 건?"

"뭐, 괜찮아졌어."

묻는 수진이나 대답하는 혁준이나 건성이긴 마찬가지였다.

아니, 수진이는 그래도 조금은 걱정하는 듯했지만 혁준은 온통 다른 데 정신이 팔려 있어서 수진이의 걱정을 듣는 둥 마는 둥 했다.

혁준의 정신이 온통 쏠려 있는 곳은 아버지였다. 밖에서 인기척이 들리자 만사 제쳐 두고 바로 뛰쳐나온 것도 사실은 아버지 때문이었다.

아버지가 구두를 벗고 거실로 들어서자 혁준이 대뜸 물었다.

"아버지, 혹시 주식 같은 거 하세요?"

혁준의 물음에 아버지가 무슨 귀신 씻나락 까먹는 소리냐는 눈빛을 한다.

"아니, 요즘 다들 주식 같은 건 하잖아요. 혹시 아버지도 하시나 해서요."

"그딴 거 안 한다."

"왜요? 뉴스 보면 주식으로 부자 된 사람들 기사 많이 나오던데."

"패가망신한 사람들 얘기도 많이 나오지. 근데 왜 갑자기

주식 얘기냐?'

순간 혁준은 갈등했다.

'확실한 정보가 있는데 투자 한번 해보세요. 한 달 내에 투자한 돈의 두 배 보장할게요. 대신 수익금에서 절반만 저 떼주세요.'

이 말이 순간 목구멍까지 올라왔다.

아버지의 주머니를 터는 것.

미성년자인 그가 필요한 종잣돈을 가장 간단히 마련할 수 있는 방법이었다.

하지만 이 말을 그대로 했다가는 욕이나 먹을 게 뻔했다.

"그냥… 친구네 아버지가 저번에 주식을 좀 샀는데 100만 원 투자해서 한 달 만에 200만 원을 벌었대요. 이번에도 좋은 정보가 있어 주식을 좀 살 거라던데 아버지도 한번 해보시는 게 어떨까 해서요. 어느 회사인지는 제가 알아봐 드릴게요."

"됐다. 직장 잘 다니고 있고 생활 궁하지 않은데 뭐하러 돈놀이를 해?'

역시 씨알도 안 먹힌다.

애초에 출세니 돈이니 그런 것에는 그다지 관심이 없던 분이다.

처자식 먹여 살린다고 이십 년이 넘도록 결근 한 번 하지 않고 성실히 직장을 다니셨지만 그 마음에는 늘 한적하고 조용한 삶을 꿈꾸셨고, 정년이 되자마자 서울 생활 다 정리하고 미련 없이 귀농을 하신 분이다.

'그런 분이 주식 같은 것에 관심을 가질 리가 없지.'

혹시나 해서 찔러본 거지만 이내 마음을 접었다.

'그럼 이제 어쩌지?'

종잣돈은 어떻게 모을 것이며 주식 계좌는 또 어떻게 개설할 것인가?

주식을 돈놀이로 생각하는 아버지가 그에게 주식 계좌를 만들어주실 리도 만무했다.

'황금알을 낳는 도깨비 방망이를 가졌는데 나이 때문에 그걸 제대로 써먹지도 못한다니…….'

왜 하필 26년이어야 했던 건지 새삼 궁금해진다.

하지만 아까처럼 마음이 답답하거나 짜증이 나지는 않았다.

도깨비 방망이가 있다는 것, 그리고 만일의 사태를 대비해 돈이 되는 미래의 정보들을 백업해 두었다는 것이 그의 마음을 한결 여유롭게 만들었다.

'하긴 생각해 보면 열여덟 살 인생도 크게 나쁠 건 없잖아?'

40대.

슬슬 세월의 무게를 실감하게 되는 때였다.

몸도 무겁고 관절도 삐걱대기 시작하는 것이 나이가 들었다는 현실을 조금씩 인정해 가고 있던 무렵이다.

젊음에 대한 동경과 부러움이 어찌 없었을까.

그렇게 동경하던 젊음이 찾아온 것이다.

그것도 엄청난 행운과 함께.

미래를 걱정할 필요도 없이 그저 즐기기만 하면 되는 젊음인데 복잡하게 생각할 것이 뭐가 있겠는가.

'그렇지. 환경이 좀 바뀌긴 했지만 어차피 백수 인생보다야 훨씬 나은 거잖아. 이렇게 값진 청춘인데 즐기지 못할 게 뭐 있어?'

오히려 이렇게 값진 청춘을 낯설어하고 고민하고 심각해한다면 그거야말로 이 청춘을, 이 기회를, 이 꿈만 같은 시간을 낭비하는 것밖에 되지 않는다.

'그래, 뭐가 어떻게 되었든, 다시 돌아갈 수 있든 없든 간에 일단은 열여덟 살의 나로 한번 살아보지, 뭐.'

부처님 말씀에 돌아서면 피안이라 했다.

마음을 달리 먹으니 모든 게 다르게 다가왔다.

학교만 해도 어제는 도살장에 끌려가는 소가 된 기분이었는데 오늘은 달랐다.

'아무리 고등학생으로 산다는 게 힘들다고 해도 어디 직장생활에 비할까?'

회식이다 뭐다 허구한 날 숙취에 시달려야 했다.

아침이면 숙취가 가시지 않아 머리가 깨질 듯 아파도 먹고 살기 위해 무거운 몸을 이끌고 부랴부랴 그 지옥 같은 출근 버스에 올라야 했고, 그렇게 출근을 하면 기다리는 것은 상사의 구박과 동기들의 따돌림, 밑에서 치고 올라오는 후임들의 무시였다.

힘들었다.

지연에 시달리고 학연에 뒤처지고 파벌에 떠밀리는 정도야 그래도 참을 수 있었지만 억울하게 내부 고발자가 되어 투명인간 취급당하는 건 정말이지 견디기 어려운 고통이었다.

그런 것에 비하면 학교는 천국이었다.

더구나 그에겐 어린 청춘들이 갖는 불확실한 미래에 대한 걱정도 없으니까.

'일단 제대로 계획을 세우기 전까진 놀이 삼아 쉬엄쉬엄 다녀보자고.'

군대를 한 번 더 가는 것보다도 싫던 학교가 마음을 다르게 먹으니 '놀이 삼아 쉬엄쉬엄'이 되어버렸다.

그렇게 혁준은 놀이 삼아 학교생활에 충실히 임했다.

등교도 꼬박꼬박 잘했고, 학우들과도 크게 모나지 않게 잘 어울렸다.

그날도 혁준은 놀이 삼아 학교에 갔고, 쉬엄쉬엄 수업도 들었다.

그렇게 3교시 수업을 끝내고 잠시 멍하게 앉아 있을 때였다.

"뭐하냐, 체육복 안 갈아입고?"

같은 반 친구 민수가 그렇게 말하며 그를 툭 쳤다.

"체육복?"

잠시 멍한 표정으로 되물은 혁준이 순간 아차 했다.

"아, 다음 시간 체육이지?"

"오늘 체육은 축구라던데, 너 괜찮겠냐?"

"괜찮겠냐니?"

"너 완전 개발이잖아. 그럴 리야 없겠지만 혹시라도 저번처럼 선발에 뽑히기라도 하면, 그래서 또 저번처럼 개발 짓을 해대면 창수가 이번엔 진짜 가만 안 둘걸."

민수가 슬쩍 고갯짓을 한다.

민수의 고갯짓을 따라 눈을 돌려보니 거기에는 딱 보기에도 싸움깨나 했음 직한 떡대 녀석이 체육복을 갈아입고 있었다.

'악귀 창수······.'

아마 이곳 풍천고등학교 학생치고 이창수를 모르는 사람은 아무도 없을 것이다.

풍천고 2학년 짱 이창수.

3학년들도 함부로 못 건든다는 풍천고 제일의 카리스마.

1학년 입학식 날 뻣뻣한 후배 길들이기에 나선 불량 서클의 3학년 선배 여섯 명을 그 자리에서 모조리 때려눕힌 사건은 아직도 전설처럼 회자되고 있었다.

하지만 그런 카리스마와는 달리 입학식 이후로는 학교에서 단 한 번도 사건을 일으킨 적이 없었다.

싸움을 하지도 않았고 힘을 내세워 학우들을 괴롭히지도 않았다.

심지어 수업을 땡땡이친 적도 없었다.

땡땡이는커녕 전교에서 등수를 매길 정도로 성적이 우수했다.

그 미스터리한 존재감에 소문이 무성했다.

어느 조폭 두목의 아들이라는 소문도 있었고 무도장의 사범 아들이라는 소문도 있었다. 그런가 하면 이름깨나 있는 부잣집 도련님이라는 소문도 있었다.

아무튼 그렇게 조용하면서도 모범적인 학교생활을 하고 있는 창수지만 축구만 하면 사람이 달라졌다.

'악귀 창수'라는 별명도 축구를 하며 붙은 별명이다.

열여덟 살의 혁준은 그런 창수가 무서웠다.

작은 실수라도 할라 치면 욕설도 욕설이지만 그 살기 번득이는 눈빛은 정말이지 오금이 다 저릴 지경이었다.

하지만 그건 어디까지나 열여덟 살 혁준일 때의 얘기다.

그때의 혁준과 지금의 혁준은 달랐다.

나이를 떠나서,

'지금의 나는 개발이 아니니까.'

이래 봬도 대한국민의 건강한 남자이다.

당연히 EPL, 프리메라리가, 분데스리가, 세리에A 와 더불어 세계 5대 리그에 꼽히는 군대스리가를 경험한 대한민국 육군 병장 출신이다.

대부분의 현역 출신들이 그렇듯 혁준도 군대에서 축구의 재미에 눈을 뜬 케이스였다. 아니, 눈을 뜬 정도가 아니라 제대하자마자 조기축구회에 들어가 실력을 갈고닦은, 이제는 엄연히 조기축구계에선 20년 경력의 베테랑 공격수였다.

비록 괴물 같은 놈이 같은 팀에 있어 팀의 에이스는 되지 못했지만 이런 고등학교 체육 축구쯤이야 우습다.

'한번 고삐리계의 호날두, 메시가 되어봐?'

그동안 공 못 찬다고 무시하던 녀석들이 자신의 실력에 눈이 휘둥그레질 것을 생각하니 벌써부터 흐뭇한 미소가 지어진다.

'그래, 이번 참에 이 어리고 불쌍한 영혼들에게 하늘 밖에도 하늘이 있음을 한 수 제대로 가르쳐 주지.'

세상이 넓다는 것을, 그들이 살고 있는 우물 안이 결코 세상의 전부가 아니라는 것을 인생 선배의 입장에서 오늘 한번 제대로 가르쳐 주리라.

혁준이 그렇게 마음을 먹는데 민수가 이상하다는 듯 물어왔다.

"근데 너 왜 안경 안 끼냐? 어제도 안 낀 거 같은데, 부러졌냐?"

"안경?"

"그래. 너 안경 안 끼면 공도 제대로 못 보잖아? 축구는 어떻게 하려고."

민수의 말대로다.

그는 눈이 나빴다.

당연히 안경도 꼈다.

그것도 꽤 높은 도수의 안경이어서 안경을 벗으면 칠판 위의 글자가 아예 안 보일 정도였다.

그런데 지금 혁준은 안경을 끼지 않고 있었다.

그런데도 전혀 불편함을 느끼지 못했다.

이미 며칠 됐다.

황당하다면 황당한 일인데, 과거로 돌아오고 나서부터 시력이 좋아졌다.

오히려 안경을 꼈을 때보다도 사물이 더 잘 보였다. 칠판 위에 고스란히 남아 있는 수학 시간의 흔적인 숫자와 기호들 뿐만 아니라 그 옆의 작은 점까지도 선명했다.

시력만이 아니었다.

청각, 미각, 후각 등 여러 감각이 이전과는 완전히 달랐다.

과거로 온 첫날 느낀 그 이상한 감각들도 신체의 오감이 극도로 예민해지고 좋아진 데서 오는 낯설음이었다.

변한 것이다.

단지 젊어진 것만이 아니라 뭔가 다른 변화가 자신의 몸에 일어난 것이 분명했다.

당연히 이유도 모르고 원인도 모른다.

그래서 겁도 났다.

하지만,

'그래도 뭐, 나쁠 거야 없지.'

눈도 좋아지고 귀도 밝아졌다.

무엇보다 이젠 불편하게 안경을 끼지 않아도 됐다.

다른 감각들도 사는 데 도움이 되면 되었지 방해가 되지는 않을 것이다.

'나중에야 어떤 부작용이 있을지 모르겠지만 그건 그때 가서 생각하면 될 일이고.'

그러고 보면 스스로 생각해도 적응력 하나는 참 좋았다.

며칠 사이 일어난 황당하고 터무니없는 변화들에 잘도 적응했다.

'미치지 않고 있는 것만 해도 대단한데 그걸 또 즐기고 있으니……'

이렇게 뛰어난 적응력으로 직장 생활은 왜 그렇게 못했을까?

생각하니 좀 씁쓸하다.

아무튼 혁준은 서둘러 체육복으로 환복하고 교실을 나왔다.

뭐니 뭐니 해도 지금 관심사는 오직 하나뿐이다.

고삐리계의 호날두, 메시가 되는 것.

그리해 그동안 개발이라고 무시하던 녀석들에게 자신의 화려한 변신을 알리는 것.

*　　　*　　　*

"오늘은 축구다. 홀수 번호는 청팀, 짝수 번호는 백팀으로 나눈다. 열외는 없다. 룰도 없다. 수비수도 공격수도 없다. 골키퍼를 제외하고 전원 공격, 전원 수비다. 일명 토털 축구! 다들 알겠나?"

"예!"

체육선생의 말에 마흔두 명의 학생들이 힘차게 대답했다.

다들 신이 난 모양이다. 그도 그럴 것이, 구기 종목이란 것이 대체로 인원수가 정해져 있다 보니 잘하는 몇 놈만 뽑히고 나머지 양민들은 뒤에서 박수나 쳐야 하는 선택받은 자들만의 귀족 스포츠였다.

하지만 이번 토털 축구, 아니, 개떼 축구는 달랐다.

전원이 참가할 수 있었다. 게다가 룰도 없고 전술도 없고 수비, 공격조차 나누지 않으니 딱히 못한다고 구박 받을 일도 없었다. 그냥 마음껏 뛰어놀면서 재밌게 즐기면 되는 것이다.

그러나 혁준은 조금 실망했다.

개떼 축구라는 것이 대개 그렇듯이 한 사람이 공을 잡으면 상대팀 전원이 그야말로 개떼처럼 달려들게 마련이다. 그런 상황에서는 고딩계의 호날두, 메시가 아니라 진짜 호날두나 메시가 와도 제 실력을 발휘하기 힘들다.

'모처럼 실력 발휘 좀 해보나 했더니……'

그래도 자신은 있었다.

뾰족한 송곳은 주머니를 뚫고 나오는 법이다.

아무리 개떼 축구라 해도 자신의 눈부신 실력을 가리지는 못할 것이다.

'좋아, 오늘 한번 전설이 되어보자고!'

축구계에는 여러 전설이 있다.

펠레, 베켄바우어, 호나우두, 지단, 그리고 그들을 이어서 그 이상의 전설을 써 내려가고 있는 호날두와 메시.

하지만 뭐니 뭐니 해도 축구계의 전설이라고 하면 월드컵 무대에서 잉글랜드를 상대로 보여준 전설의 5인 돌파다.

이제 마라도나의 전설도 오늘로써 끝이다.

"전설의 20인 돌파가 바로 지금 여기서 만들어질 테니까!"

그런데 시작부터 태클이 걸렸다.

"넌 골키퍼 봐라."

20인 돌파의 전설을 탄생시킬 그에게 골키퍼나 보란다.

현대 축구에서 골키퍼란 팀에서 가장 중요한 위치지만 학교 축구에서는, 특히 개떼 축구에서는 그야말로 쩌리들이나 맡게 되는 것이 골키퍼란 자리였다.

어이없는 눈으로 자신에게 그렇게 말한 녀석을 쳐다보던 혁준은 그 즉시 눈살을 찌푸렸다.

'악귀 창수⋯⋯.'

창수였다.

창수가 어떤 일에 자신의 의견을 내세우는 경우는 극히 드물었다.

단지 딱 한 가지 경우가 있었다.

축구.

지난 시합에서 개발의 진수를 보여준 탓에 창수에게 제대로 찍힌 것이다.

사실 열여덟 살의 혁준에게 창수는 두려움과 동경의 대상이었다.

혁준만이 아니라 풍천고 2학년 중 창수를 동경하지 않는 학생은 아무도 없을 것이다.

그도 그럴 것이, 키도 크고 생긴 것도 꽤나 잘생겼다.

싸움 좀 한다고 힘자랑을 하지도 않았고 공부 좀 한다고 잘난 척하지도 않았다.

그 묵직함이 멋있었다.

만일 열여덟 살의 혁준이었다면 그는 창수의 말에 군말 없이 골키퍼를 봤을 것이다.

하지만 지금 그는 창수가 마냥 멋있어 보이던 그 시절의 혁준이 아니었다.

이 순간 창수는 두려움이나 동경의 대상이 아니라 그저 전설의 탄생을 방해하는 훼방꾼일 뿐이었다.

"싫은데?"

"뭐?"

"골키퍼 하기 싫다고."

순간, 개떼 축구에 들떠서 와자지껄하던 주위가 삽시간에 고요한 정적으로 얼어붙었다.

누군가는 놀란 눈으로 혁준을 보고 있고, 누군가는 긴장한 표정으로 창수를 보고 있다. 또 누군가는 자신의 귀를 의심했다.

'쟤 왜 저래?'

'뭐 잘못 먹었어?'

'죽으려고 환장한 거 아냐?'

사방에서 던져 오는 눈빛들이 그렇게들 말하고 있었다.

적당히 중상위권의 성적에 적당히 모나지 않은 성격, 생긴 것만큼이나 모든 것이 평범한 학우 혁준의 창수에 대한 반항은 그만큼 2학년 3반 전체에 큰 충격을 던져 주고 있었다.

창수도 마찬가지였다.

혁준이, 이 평범하기 이를 데 없는 녀석이 감히 자신의 말을 거부할 거라고는 전혀 생각지 못했다.

그래서 조금 황당하기도 하고 조금 화가 나기도 했다.

그러면서도 이런 경우를 당해본 적이 없어서 어떻게 반응해야 할지 당황도 된다.

그렇게 모두가 어이없어하고 있을 때였다.

"거기 왜 그래? 무슨 일이야?"

분위기가 갑자기 이상해진 것을 감지한 체육선생이 끼어들었다.

그 바람에 혁준과 창수 사이의 일촉즉발의 긴장감이 한풀 꺾였지만,

"오늘도 너 때문에 지면 각오해야 할 거다."

끝내 한마디 던지고 돌아서는 창수다.

물론 그래 봤자 겁 안 난다.

'나 때문에 질 일은 없을 테니까.'

오히려 자신의 대활약으로 홀수 번 팀이 이기게 될 테니까.

'그때 가서 나한테 너무 감동받지나 말라고.'

그러나 세상만사 뜻대로만 되지는 않는 법이었다.

경기가 시작되고 하늘보다 높던 자신감은 그야말로 급전 직하 곤두박질쳤다.

"야, 권혁준! 너 똑바로 안 할래!"

"대체 어디다 차는 거야, 인마!"

"똑바로 좀 차라고, 이 개발아!"

누가 그랬던가?

개떼 축구라 욕은 안 먹을 거라고.

개떼 축구라 구박받을 일도 없을 거라고.

'이게 무슨…….'

욕이란 욕은 다 먹고 있었다.

구박이란 구박도 다 받고 있었다.

그도 그럴 것이, 공이 발에만 닿았다 하면 그게 드리블이었 든 패스였든 죄다 대기권 돌파 슛이 되어버렸다.

도무지 힘 조절이 안 됐다.

조기축구계에선 드리블의 마술사로 불리던 그가, 고딩계

의 호날두, 메시를 꿈꾸던 그가, 20인 돌파의 전설을 만들려고 했던 그가 지금 이 순간 세상에 다시없을 개발이 되어 있는 것이다.

'이거 왜 이러냐고, 정말!'

마치 축구 실력마저도 고등학생 때로 돌아와 버린 느낌이다.

도무지 몸이 마음대로 따라주지 않았다.

답답해서 미칠 지경이다.

스스로도 답답해서 미칠 지경인데 덩달아서 고삐리들이 싸가지 없이 욕지거리까지 해대니 지금 자신이 뭐하고 있는 건지 회의감마저 들었다.

무엇보다 창수가 무섭다.

다른 녀석들처럼 욕을 퍼붓거나 화를 내지는 않았다.

지난 경기 때는 그렇게도 사납게 혁준을 윽박지르던 그가 지금은 단 한마디도 하지 않았다.

뭐랄까, 화를 꾹꾹 눌러 담고 있는 느낌?

그래서인지 개발 짓을 할 때마다 쓰윽 훑어오는 그 눈빛만큼은 정말이지 섬뜩할 지경이다.

창수의 별명이 왜 악귀 창수인지 이 순간 너무도 절절하게 깨닫게 되었다.

그만큼 자신감은 완전 바닥이다.

오죽했으면 이제 좀 자신에게 공이 안 왔으면 하고 간절히 바라게 된다. 하지만 어떻게 된 것이 가는 곳마다 공이 있다.

아니, 예민해질 대로 예민해진 온몸의 감각이 공이 어디로 날아올지 미리 예측을 해버린다. 예측이 되니 또 안 잡으러 갈 수도 없고, 그래서 다른 아이들에 비해 압도적으로 많은 볼 터치를 하게는 되는데 그때마다 뻥뻥 개발질이나 해대니 그만큼 또 질리도록 욕을 먹게 된다.

그야말로 악순환의 연속이다.

지금만 해도 그렇다.

그의 팀 골키퍼가 길게 볼을 차는 순간, 골키퍼의 발이 공에 닿기도 전에 이미 그 공이 어디로 떨어질지 예측하고는 한 발 앞서 누구보다도 빨리 그리로 달려가고 있었다.

그런데,

'어?

아니다. 이번만큼은 예측이 빗나갔다.

'길잖아?

아무래도 녀석의 발등에 제대로 얻어걸린 모양인지 그의 예측보다도 훨씬 더 멀리 날아갔다.

차라리 잘됐다 싶었다.

적어도 공을 못 잡는 게 자신의 잘못은 아니니까.

오히려 이렇게 멀리 차준 골키퍼가 고맙게 느껴질 지경

이다.

그런데 그가 막 공을 쫓는 걸 포기하고 걸음을 멈추려 할 때였다.

"야! 권혁준! 잡아!"

갑자기 등 뒤에서 사나운 목소리가 들려왔다.

창수였다.

그동안 아무 말 없이 그저 눈빛만으로 위협하던 창수가 참다못해 그렇게 소리를 지른 것이다.

그 목소리가 다른 사람의 것이었으면 무시해 버렸을 것이다.

하지만 나이 마흔이 넘었다고 해도, 그 상대가 고작 고등학생이라고 해도 폭력 앞에 나약해지는 건 인간의 어쩔 수 없는 본능이었다.

지금 혁준은 창수에게 완전 쫄아 있었다.

창수의 목소리가 들린 순간 그의 몸은 자동 반사적으로 공을 쫓아 달리고 있었다. 하지만 본능과 이성은 별개였다.

'잡으라고? 저걸 어떻게?'

본능에 이끌려 달리고는 있는데 이성은 이미 포기 상태였다.

가뜩이나 창수한테 제대로 찍혀서 앞날을 기약할 수 없는 처지에 성의라도 보여야 후환이 덜하다는 생각으로 필사적으로 공을 쫓고는 있었지만 이건 멀어도 너무 멀었다.

'이건 우사인 볼트가 와도 무리……'

그런데 바로 그 순간이었다.

갑자기 내딛는 발에 평소보다 더 힘이 들어간다 싶은 순간, 뺨을 스치는 바람이 따가울 정도로 몸이 빨라졌다.

그리고,

'어라?'

닿았다.

우사인 볼트가 와도 무리일 것 같던 공이 그 순간 정말로 그의 발에 닿은 것이다.

뻥—!

물론 이번에도 개발이었다.

"야! 권혁준! 너 정말 뒈질래!"

"지금 뭐하는 거냐고, 이 씹새야!"

당연히 한층 더 격해지고 적나라해진 육두문자가 사방에서 빗발쳤다.

하지만 단 한 명, 창수만은 반응이 달랐다.

아까까지의 사나운 눈빛도 아니고 욕설도 없었다.

그저 멍하니 놀란 눈으로 혁준을 보고 있었다.

그도 그럴 것이, 혁준의 바로 뒤에서 혁준을 쫓아 달리고 있었다.

답답한 마음에 반사적으로 공을 잡으라고 혁준에게 외치긴 했지만 애초에 무리라는 것을 알고 있었다.

그런데 정말로 혁준이 공을 잡아버린 것이다.

그것도 엄청난 속도로.

어찌나 빨랐는지 눈앞에 있던 혁준의 등이 마치 순간이동을 한 것처럼 멀어졌다.

'대체 뭐지, 이 녀석?'

창수가 그렇게 혁준을 괴이한 눈으로 보고 있었지만 지금 혁준은 그런 창수의 시선마저도 느낄 겨를이 없었다.

'지금 그거… 뭐였지?'

빨라진 거야 알고 있었다.

잠시 착각이었나 의심이 들기도 했지만 그건 분명한 사실이었다.

정말로 빨라졌다.

'아니, 단지 빨라진 것만이 아니다.'

힘도 강해졌다.

개발 짓도 그래서였다.

단순히 축구 실력이 고등학생 때로 퇴보한 것이라 생각했는데, 다시 생각해 보니 힘이 강해진 것이었다.

그것도 엄청.

공을 차는 내내 힘 조절이 안 됐을 만큼.

마침 그때 멍하게 있던 혁준에게로 다시 공이 날아왔다.

이번만큼은 드리블도 패스도 하지 않았다.

날아오는 공을 그 자리에서 있는 힘껏 다이렉트 발리슛을 날렸다.

파앙―!!

마치 공이 터지는 것 같은 폭음이 들리고,

슈파파파파파팟―!

공이 바람을 갈랐다.

35미터의 거리도 갈랐다.

골키퍼가 미처 반응할 새도 없었다.

그야말로 벼락같은 슛이었다.

벼락같이 날아간 공이 그대로 골네트마저 갈라 버렸다.

그리고,

촤라라라라라라―!

골네트마저도 흉측하게 생채기를 낸 다음에야,

통, 통, 통, 통.

여력을 다하고 힘없이 바닥에 떨어졌다.

혁준에게 공이 가는 순간부터 이미 체념해 버린 친구들의 눈이 그 순간 휘둥그레진 것은 말할 것도 없었다. 하나같이 입을 찢어져라 벌린 채 이 꿈같은 장면을, 꿈같은 장면을 만들어낸 혁준을 멍한 눈으로 보고 있었다.

그러거나 말거나 지금 누구보다도 흥분해 있는 것은 혁준이었다.

청각, 후각, 미각에 시력, 그리고 힘과 속도…….

과거로 와서 단지 감각만이 좋아진 것이 아니었다.

도무지 믿기진 않지만 그의 신체 능력 전부가 말도 안 되게 업그레이드되어 있었다.

"나… 혹시… 엄청 대단해져 버린 거 아냐?"

* * *

익수는 구양국민학교 4학년으로 육상부 유망주였다.

아주 어릴 때부터 달리는 것을 좋아했고, 재능도 뛰어나 또래 친구들보다 월등히 빨리 달릴 수 있었다.

이제 겨우 국민학교 4학년인데도 고학년 형들을 제치고 서울시 대표로 뽑힐 정도였다.

그래서 그의 꿈은 국가대표 육상 선수였다.

아니, 보다 정확히 말하면 올림픽에 나가 100m 금메달을 따는 것이 익수의 꿈이자 목표였다.

그런데 너무 어린 나이에 세상의 냉엄함을 알아버렸다.

'올림픽에서 금메달을 따겠다고? 그것도 100m 달리기에서? 웃기시네. 절대로 못 따.'

'왜요? 왜 못 따요?'

'못 따. 동양인은 절대로 흑인을 이길 수 없으니까.'

6학년 선배의 말이었다.

도저히 받아들일 수가 없어서 선생님들한테도 묻고 도서관에 가서 책도 찾아봤지만 결론은 같았다.

100m 달리기에서만큼은 동양인은 흑인을 이길 수 없다.

역대 그 많은 올림픽에서 동양인이 금메달을 목에 건 적이 한 번도 없다는 것이 그 사실을 증명하고 있었다.

흑인을 못 이긴다는 것, 금메달을 못 딴다는 것, 그것은 국민학교에 입학하기도 전부터 오직 올림픽 금메달만을 꿈꿔온 익수에게는 정말이지 큰 좌절로 다가왔다.

엎친 데 덮친 격으로 부친의 직장 관계로 대전으로 전학까지 가야 하는 상황이 되었다.

'육상은 걱정 말거라. 대전에도 육상부 있는 학교는 있으니까. 네가 육상을 하는 데는 지장이 없도록 내가 좋은 학교로 알아보마.'

아버지가 익수의 장래를 위해 육상부가 있는 학교로 전학을 준비했지만 익수가 이를 거절했다.

'싫어요. 그냥 육상부 없는 학교로 갈래요. 이제 저 육상 안 해요.'

갑작스러운 익수의 말에 부친은 심히 당황했다.

하지만 익수의 심경 변화에 가장 당황한 것은 익수의 재능에 크게 기대하고 있던 육상부 관계자들이었다.

구양국민학교 육상부 코치에서부터 익수가 대전으로 전학을 온다는 소식에 벌써부터 물밑 작업을 하고 있던 대전의 육상 관계자들까지 하루가 멀다 하고 뻔질나게 찾아와 익수를 어르고 달랬다.

하지만 한번 돌아선 익수의 마음은 돌처럼 단단했다.

전학 갈 학교도 결국 육상부가 없는 곳으로 정해졌다.

이사 당일.

"엄마, 나 좀 나갔다 올게."

"이 시간에 어딜?"

"학교."

차마 마지막 미련만은 떨치기가 어려웠던 것일까?

마지막으로 자신이 땀 흘리며 달리던 학교 교정을 눈에 담아두고 싶었다.

엄마가 잠시 망설였다.

이제 해가 어둑어둑해지고 있는 시간이었다.

아이 혼자 내보내기엔 걱정이 되었지만 학교에서 집까진 고작 5분 거리밖에 되지 않는 데다 익수의 마음을 잘 알기에 차마 말리지 못했다.

"아버지 오시는 대로 바로 출발해야 하니까 너무 늦지 않게 와야 돼."

"응, 금방 다녀올게."

그렇게 구양국민학교에 도착했다.

일요일인 데다 해가 뉘엿뉘엿 지고 있어서인지 그가 땀 흘려 뛰던 운동장은 한산했다.

딱 한 명뿐이었다.

고등학생쯤으로 보이는 형이었는데, 운동장 끝 언저리에서 한 손에 야구공을 들고 그때 마침 투수처럼 와인드업 자세를 취하고 있었다.

마치 선동열 선수처럼 상체를 한껏 비틀어 와인드업 자세를 취한다 싶은 순간,

"이야압!"

우렁찬 기합을 토하며 있는 힘껏 야구공을 던졌다.

그 순간,

피이잉―

고등학생의 손을 떠난 야구공이 날카로운 소리를 내며 번개처럼 빠르게 날아갔다. 그러고는 학교 담장을 훌쩍 넘어서 까마득히 멀리 사라져 버렸다.

150m? 200m?

어림짐작이지만 족히 200m는 넘게 날아간 듯 보였다.

육상밖에 모르는 익수지만 그게 얼마나 대단한 건지 정도
는 충분히 알고 있었다.

"우와! 우와! 우와!"

감탄이 절로 연달아 터져 나왔다.

익수가 급히 고등학생에게로 달려갔다.

"형, 야구 선수예요?"

익수가 초롱초롱한 눈을 반짝이며 그렇게 묻자 고등학생
이 고개를 갸웃거렸다.

"야구 선수?"

"예."

"아닌데?"

"야구 선수도 아닌데 공을 그렇게 멀리 던져요? 아니아니,
야구 선수라고 해도 형만큼 멀리 던지는 사람은 없을걸요. 여
기서 저 끝까지만 해도 120m가 넘어요. 근데 거기보다 훨씬
더 멀리 던졌잖아요. 아마 200m는 날아갔을걸요."

"200m? 저게 200m나 돼?"

새삼스럽다는 듯이 고등학생이 공이 날아간 방향으로 멀
리 시선을 던졌다.

그런 고등학생의 눈빛은 꽤나 들떠 있었고 얼굴은 한껏 상
기되어 있었다.

그 모습은 마치 야구공을 처음 던져 본 듯한, 자신이 저만

큼이나 멀리 던질 수 있다는 걸 오늘에야 처음으로 알게 된 것 같은 태도였다.

아니, 그게 사실이었다.

야구공을 손에 잡아본 것도 오늘이 처음이고 자신이 저만큼이나 멀리 던질 수 있다는 것도 지금 처음 알았다.

그도 그럴 것이, 이 고등학생은 체육 시간의 개떼 축구 후 자신의 몸에 일어난 신체 변화를 다시 한 번 테스트해 보고자 일부러 한적한 시간에 자신의 모교를 찾은 권혁준이었던 것이다.

'200m라고?'

100m정도야 거뜬히 넘었다고 생각하고 있었지만 그게 200m나 될 줄은 몰랐다.

모르긴 몰라도 최고의 강견을 자랑하는 현역 메이저리거라도 절대로 그만한 비거리를 내지는 못할 터였다.

'역시 나 엄청 대단해진 거 맞지?'

짜릿했다.

다시금 머리끝에서 발끝까지 짜릿한 전율이 훑고 지나갔다.

아니, 그것은 전율이라기보다는 소름에 더 가까웠다. 온몸의 털이란 털은 죄다 곤두서는 느낌이다.

그러다 문득 익수의 손목시계를 발견하고는 물었다.

"그 시계, 타이머도 되냐?"

"예, 되는데 왜요?"

"타임 잴 줄 알아?"

"당연하죠. 제가 뭐 어린앤 줄 아세요?"

척 봐도 어린애였지만 딱 그 나이 대가 자아가 강해지는 시기다. 괜히 애 취급해서 자라나는 어린이에게 상처를 줄 필요는 없었다.

"그럼 내가 저 끝에서 달릴 테니까 여기서 타임 좀 재줄래?"

"100m 기록 재게요?"

"어, 여기가 100m 달리기 기록 재는 거리 맞지?"

"예. 근데 형, 달리기도 잘해요?"

"글세, 이제 확인해 봐야지."

"기록이 몇 촌데요? 난 13촌데."

"13초?"

"빠르죠? 이래 봬도 저 육상부거든요. 4학년인데도 시 대표로 뽑힌 유망주라고요. 히히."

으스댈 만했다.

잘은 모르지만 13초면 초등학교 4학년생이 낼 수 있는 기록이 아닐 듯싶었다.

'가만, 내 고딩 때 기록이 몇 초였지? 14초 정도 아니었나?'

생각이 거기에까지 이르자 혁준이 새삼스러운 눈으로 익수를 보았다.

'뻥은 아닌 거 같은데?'

뻥이라고 하기에는 너무나 당당하다.

"이거 한국 육상계의 보물을 몰라봐서 미안한데?"

혁준의 말에 익수가 더욱 이빨을 환히 드러내며 자랑스레 웃었다. 하지만 이내 그 웃음은 시무룩함으로 바뀌어 버렸다.

"그래 봤자 이젠 육상부 관둘 건데요, 뭐."

"그만두다니, 왜?"

"좀 이따가 이사 가거든요. 전학 가는 학교엔 육상부도 없어요."

"그래도 그만한 재능에 육상을 그만두는 건 너무 아까운데…… 시 대표로 뽑히기까지 했다면서?"

"그래 봤자 올림픽에선 금메달도 못 따잖아요. 죽을 만큼 훈련해도 동양인이 흑인을 이길 수는 없으니까. 겨우 그딴 이유 때문에 금메달을 못 따는 운동이면 그냥 안 할래요."

"……."

어린 나이에 세상의 냉엄함과 타고난 한계의 벽을 깨달아 버린 익수의 말에 마음이 짠해지는 혁준이다.

하지만 그것이 또한 너무도 엄정한 현실이기에 뭐라 위로의 말도 해주지 못했다.

"암튼 제가 100m 랩타임 재면 되죠?"

익수가 잠시 침울해진 분위기를 그렇게 돌렸다.

무심결에 고개를 끄덕이던 혁준은 불현듯 떠오른 생각에 움찔했다.

'이거 괜히 개망신당하는 거 아냐?'

아무리 육상부라지만, 시 대표까지 뽑힌 몸이라지만 고등학생이 국민학생한테 졌다고 하면 완전 개망신이다. 혁준이야 입을 다물면 그만이지만 이 꼬마가 과연 조용히 있어줄까?

'다행히 입은 무거워 보인다만……'

그래도 초등학생의 입을 믿을 정도로 그렇게 낙천적이진 않다.

하지만 크게 걱정이 되지는 않았다.

달라진 몸을 완전히 인지하고 난 지금은 그 정도 자신감은 충분히 있었다.

오히려 과연 기록이 어떻게 나올지 궁금해서 참을 수가 없었다.

설레고 떨렸다.

그리해 혁준이 출발선에 섰다.

도착점에 있는 익수가 그를 향해 외쳤다.

"형! 제가 준비, 땅 하면 달리는 거예요!"

익수의 말에 혁준이 고개를 끄덕였다.

그리고 단거리 육상 선수처럼 스타트 자세를 취했다.

"준비!"

두근두근.

땅을 기다리는 혁준도, 땅을 외칠 준비를 하는 익수도 그 순간 기분 좋은 긴장감에 휩싸였다.

이윽고,

"땅!"

출발 신호가 울렸다.

출발선에서 준비하던 혁준이 그 순간 반사적으로 번개처럼 뛰쳐나갔다.

*   *   *

"말도 안 돼요!"

타이머에 새겨진 기록과 혁준을 쉴 새 없이 번갈아 보는 익수의 표정이 참으로 볼 만했다.

마치 귀신이라도 본 듯한 얼굴을 하고 있다.

그보다는 조금 덜했지만 혁준도 자신의 기록에 놀라기는 마찬가지였다.

00:07:64

타이머에 적힌 숫자이다.

7초 64.

"이건 칼 루이스보다 더 빠르잖아요!"

칼 루이스가 아니라 우사인 볼트보다도 무려 2초나 더 빠른 기록이다.

하지만 익수의 얼굴에 담긴 것은 불신이 아니었다.

순수한 놀람이었다.

그도 그럴 것이, 본인 눈으로 직접 봤다.

직접 시간도 쟀다.

믿지 않으려야 믿지 않을 수가 없다.

그래도 도무지 납득을 못 하겠는지 혁준을 졸랐다.

"형, 한 번 더 해봐요. 한 번만 더 해봐요. 네? 네?"

혁준 역시 그 한 번으로는 성이 차지 않던 참이다.

출발점으로 돌아가 다시 뛰었다.

그런데,

7초 43.

더 빨라졌다.

"우와! 우와! 스파이크도 안 신었는데… 육상 경기장에서 스파이크 신고 제대로 달리면… 우와아! 6초대도 나오겠는데요? 형, 형, 정체가 뭐예요? 혹시 국가대표예요? 이번 올림픽에 참가하는 거예요? 어떻게 하면 그렇게 빨리 달릴 수 있어요? 어떻게 훈련했어요? 무슨 비법이라도 있어요?"

익수가 흥분해서 질문을 퍼부어댔다.

익수가 너무 흥분해 있으니 오히려 혁준은 흥분해 있던 마음이 조금은 가라앉는 기분이다.

조금 차분해진 마음으로 익수의 질문에 대답했다.

"국가대표는 아냐. 그러니 올림픽에 참가할 일도 없지."

"왜요? 형이라면 올림픽에서 세계신기록으로 금메달도 딸 수 있잖아요?"

"나는 올림픽 금메달보다 더 중요하고 더 큰일을 해야 하는 사람이거든."

"그게 뭔데요?"

"그런 게 있어. 너무 깊이 알려고 하지 마. 다친다."

세계 정복도 가능한 스마트폰이 손에 있는데 그깟 올림픽 금메달 따위, 눈곱만큼도 관심 없다.

"그리고 어떻게 하면 그렇게 빨리 달릴 수 있냐 하면……."

혁준이 은근슬쩍 그렇게 말을 돌리자 익수가 눈을 초롱초롱 빛냈다.

"정말 비법이 있어요?"

그렇게 물으며 침까지 꼴깍 삼킨다.

지금 익수에게 혁준은 칠흑 같은 암흑 속에 비춰진 한 줄기 서광이었다.

단지 동양인이라는 이유로, 그 납득할 수 없는 이유 때문에 포기해야 하는 꿈인데 그 절망과도 같은 체념 속에 희망이 생겼다.

동양인도 충분히 흑인을 이길 수 있다.

명백한 증거가 바로 눈앞에 있다.

그 엄청난 기대가 한꺼번에 혁준에게 쏟아진 것은 당연했다.

자신을 올려다보는 익수의 초롱초롱한 눈망울이 살짝 부담스럽긴 했지만 혁준은 어른 된 입장으로 그 기대를 피하지 않고 대답했다.

"그렇게 거창한 건 아니다. 원래 세상 이치란 게 거창한 데 있는 것이 아니니까."

"그게 뭔데요?"

"노력."

"예?"

"노력해서 안될 게 없으니까. 노력하고 노력해서 0.01초를 줄이고 또 노력하고 노력해서 0.01초를 줄여 나가다 보면 언젠간 10초 벽도 깰 테고 올림픽에서 금메달도 딸 수 있지 않겠어?"

참 쉽게도 말한다.

그 0.01초를 줄이기 위해서 오랜 시간 숱한 좌절 속에서 피땀 흘리는 선수들이 들었다면 그 무책임함에 버럭 멱살을 잡

앗을지도 모른다. 혁준 스스로 생각하기에도 좀 오글거리긴
했다. 하지만 혁준 딴에는 어린이의 눈높이에 맞춰 최선을 다
한 것이다.

다행히 그의 오글거리는 멘트는 꽤 주효했다.

평범하다면 평범하고 고리타분하다면 고리타분한 혁준의
그 말이 익수에겐 전혀 다르게 들렸다.

자신의 눈앞에서 7초대의 대기록을 달성한 혁준은 이미 익
수에겐 부처님이자 예수님이었다.

그야말로 무한 감동이다.

혁준의 그 별것 아닌 말에 접었던 꿈이 다시 살아나고 잃었
던 목표가 다시 세워진다.

그때였다.

"익수야, 아버지 오셨어! 얼른 와!"

교문 밖에서 엄마가 익수를 불렀다.

엄마가 부르는 소리에 익수가 급히 물었다.

"형, 전 익수예요, 장익수. 형은 이름이 뭐예요?"

그러고 보니 지금껏 통성명도 안 했다.

순간, 꺼림칙한 생각이 들기는 했다.

익수가 정말 동네방네 소문이라도 내고 다니면 괜히 골치
아파지는 건 아닐까 걱정부터 든 것이다.

하지만 달리 생각해 보니 어차피 이사를 가버리는 데다가

이 사실을 떠들고 다닌다고 해도 믿어줄 사람도 없을 것 같았다.

'어지간해야 믿지. 내가 생각해도 7초는 너무 허황되잖아?'

그래서 부담 없이 대답했다.

"권혁준. 내 이름이다."

익수가 혁준의 이름을 머리에 새기려는지 몇 차례 혁준의 이름을 중얼거렸다. 그때 엄마가 다시 재촉했다.

"익수야, 용달 아저씨가 기다려! 얼른 와!"

결국 익수가 쫓기듯 어머니에게로 달려갔다.

그러다 무슨 생각이 들었는지 중간에 우뚝 멈춰 서서 혁준을 돌아보았다.

"형! 혁준이 형! 저 육상 계속할 거예요! 육상부 없어도 계속계속 육상 할 거예요! 계속계속 노력해서 흑인들한테도 안 질 거예요! 그래서 올림픽에서 꼭 금메달 따고 말 거예요!"

그렇게 외치고는 더는 뒤를 돌아보지 않고 엄마의 품에 안겼다.

혁준은 그렇게 멀어져 가는 익수를 보며 왠지 마음이 무거워지는 것을 느꼈다.

'이거 괜히 애먼 인생 하나 구렁텅이로 밀어 넣은 건 아닌지 모르겠네?

한국 육상계가 그만큼 암울했다.

피겨에서는 김연아, 수영에서는 박태환이라는 천재들이 나타났지만 육상만큼은, 특히 단거리 종목만큼은 여전히 불모지였다.

괜히 자신과 엮여서 평범하게 잘살 수도 있던 인생 하나가 좌절과 절망의 구렁텅이에서 허우적대지나 않을지 걱정이 앞섰다.

"검색이나 해볼까?"

국가대표는 아니더라도 전국체전에서라도 성적을 낸다면 스마트폰으로 작은 소식 한 줄 정도는 얻을 수 있을 것 같았다.

그런 생각에 스마트폰을 꺼내어 검색을 해봤다.

"장익수라고 했지?"

검색어 창에 장익수 세 글자를 입력했다.

그런데 의외로 장익수에 관련된 기사가 주르륵 떴다.

처음엔 그저 같은 이름의 동명이인에 대한 기사들인 줄 알았다. 하지만 아니었다. 기사의 대부분이 육상에 관한 것이었다. 올림픽, 아시안게임, 세계육상대회 등등. 그리고 그 기사들의 타이틀에는 어김없이 장익수라는 이름이 붙어 있었다.

[한국 육상계의 보물 장익수, 2002 부산 아시안게임에서 아시

아 신기록 수립, 세계신기록에 근접]

　　[한국이 낳은 육상 천재 장익수, 2004 아테네 올림픽 100m 금메달. 세계신기록 경신]

　　[장익수, 2008 베이징 올림픽에서 우사인 볼트와 접전 끝에 아쉽게 은메달. 올림픽 2연패 달성 좌절]

　　수많은 기사 중에 혁준의 눈을 잡아끄는 인터뷰 하나가 있었다.

　　2004년 올림픽 금메달을 딴 직후에 가진 인터뷰였다.

　　'장익수 선수, 한국 육상계의 신기원을 달성하셨는데요, 앞으로 남은 목표가 무엇인가요? 당연히 올림픽 2연패겠죠?'

　　'제 목표요? 올림픽 2연패는 당연히 제가 이루고 싶은 것 중 하나입니다. 하지만 제가 진정으로 목표로 하고 있는 것은 제 우상을 뛰어넘는 겁니다.'

　　'우상이요? 하지만 장익수 선수는 이미 세계신기록을 달성하지 않았습니까?'

　　'세계신기록이야 경신했지만 제 우상의 기록에는 한참 멀었습니다.'

'대체 장익수 선수의 우상은 기록이 어떻기에?'

'7초 43.'

'예?'

'농담 같죠? 농담 같을 겁니다. 저도 꼭 꿈을 꾼 것만 같았으니까요. 그분께서 말씀하셨습니다. 노력이 기록을 만든다고. 그분의 그 말씀이 없었다면 지금의 저는 존재하지도 않았을 겁니다. 저는 그분의 그 말씀 하나만을 믿고 여기까지 달려왔습니다.'

인터뷰 기사를 읽어가는 내내 혁준의 표정은 황당 그 자체였다.

'이건 어떻게 봐도 내 얘기잖아?'

기사에 올라와 있는 사진도 많이 자라기는 했지만 조금 전 헤어진 꼬마의 얼굴이 고스란히 남아 있다.

'아테네 올림픽 금메달이라고? 세계신기록 경신?'

당연히 그런 일은 없었다.

혁준이 살아온 시간 속에서는.

'미래가 바뀐 건가? 내 개입으로?'

미래가 바뀐다.

단지 자신만의 미래만이 아니라 다른 사람들의 미래까지도.

생각해 보지 못한 문제이다. 그래서 어딘지 섬뜩한 기분도 들었다.

하지만 달리 생각해 보면 당연한 일이었다. 그리고 자신으로 인해 바뀌게 될 사람들의 미래까지 신경 쓰고 싶은 생각은 추호도 없다. 장익수처럼 그로 인해 좋은 영향을 받아서 좋은 미래를 만들 수도 있고 그 반대일 수도 있었다.

'그거야 결국 자기 팔자소관이니까.'

지금 이 순간 혁준의 모든 관심은 그로 인해 바뀌어갈 사람들의 미래가 아니라 그 바뀐 미래가 스마트폰상에서 실시간으로 업데이트되고 있다는 사실이었다.

자신으로 인해 미래가 바뀌고 바뀐 미래를 실시간으로 확인할 수 있다는 것.

'음, 이걸 잘만 사용하면 뭔가가 될 것도 같은데……'

촉이 왔다.

하지만 그 촉이란 게 안개처럼 흐릿해서 당장에 뭔가가 팍하고 떠오르지는 않았다.

제4장
주식 입문

'난 뭐라고 나올까?

문득 궁금해졌다.

원래라면 아예 검색이 되지 않아야 한다.

언젠가 한번 자신의 이름으로 검색을 해본 적이 있다.

하지만 만화가, 정치인, 연극배우 등등 같은 이름을 가진 동명이인만 잔뜩 검색이 될 뿐 그의 것은 웹상에서 흔적조차 찾을 수 없었다.

그러나 지금은 달라졌을 것이다.

손에 무엇이든 다 할 수 있는 스마트폰이 있고, 신체는 초

월적인 힘을 가지게 되었다.

웹상에 이름 한 자 남기지 못하는, 그렇게 허무하고 씁쓸한 인생을 살아갈 리가 없었다.

'어마어마한 부자가 되어 있으려나? 아니면 전 세계를 아우르는 권력자?'

생각만으로도 히죽히죽 웃음이 나온다.

그렇게 잔뜩 기대하며 스마트폰 웹 어플을 켰다.

권혁준

자신의 이름을 검색어 창에 입력하고 이동 버튼을 눌렀다.

그런데,

"뭐야, 이게?"

없다.

여전히 이런저런 직업군을 가진 동명이인만 뜰 뿐 한참을 웹 문서를 뒤져도 정작 자신은 어디에서도 찾을 수 없었다.

"어떻게 된 거지? 설마 다시 살아도 그 팔자가 그 팔자라는 거야?"

과거로 돌아와 삶을 다시 살게 되었는데도 정말 찌질한 팔자의 굴레에서 벗어나지 못하는 것일까?

"그럴 리가 없지!"

그럴 리가 없다.

400억 로또 당첨 번호 하나만으로도 팔자 정도는 고쳤을 것이다.

"그래, 내 미래가 그리 단순하지만은 않다는 거겠지."

스마트폰이 가지는 수많은 변수들로 인해 매 순간이 변화무쌍해서 미래가 고정되지 않은 것일 수도 있었다.

'아니면 내 존재 자체가 뒤틀린 시공간 속에 있어서 아예 인식 자체가 되지 않는 것일지도 모르고.'

어차피 깊이 파고들어 봐야 골치만 아플 뿐 그냥 좋은 쪽으로 생각하기로 했다.

아무튼 자신의 미래에 대해 잔뜩 기대하고 있던 혁준은 아쉬움에 입맛을 다셨다.

그런 한편으로 오히려 잘됐다 싶기도 했다.

'하긴, 좋아하는 배우에 좋아하는 감독, 장르까지 딱 내 취향인 영화를 보러 가는데 보기 전에 결말부터 알게 되면 너무 김빠지는 일이지.'

"그나저나……."

혁준은 다시 처음의 의문으로 돌아왔다.

"내 몸, 정말 어떻게 된 거지?"

축구 만화에서나 나올 법한 발리슛에 야구공을 200m나 던졌고 100m를 7초대에 주파했다. 오는 길에 안경점에 들러 시력 측정을 해보니 0.3이던 눈이 2.0으로 나왔다. 그것도 시력 측정표의 최대치가 2.0까지여서 그렇지 정밀하게 측정하면 그보다 더 높을 거라 했다.

'이러다 정말 거미줄이라도 뿜어내는 거 아닌지 모르겠네.'

처음에는 마냥 흥분되고 들떴지만 흥분이 가라앉고 나니 이젠 좀 걱정이 되었다.

왜 그런 변화가 생긴 건지도 새삼 궁금했다.

'혹시 양자이동 캡슐인지 뭔지 그거 동력 자체를 방사능 물질을 기반으로 했다든가, 그래서 그 방사능에 내가 오염이 되었다든가, 그래서 돌연변이가 되었다든가 뭐 그런 건 아니겠지?'

흔히 히어로 영화에서 자주 등장하는 소재이긴 한데 그다지 마음에 와 닿지는 않는다.

그보다는 역시 합체 쪽에 마음이 더 기울었다.

과거로 넘어온 그날, 과거의 자신과 만난 그날 두 개의 몸이 합쳐졌었다.

두 개의 몸이 하나가 되었다.

달리 말하면 하나의 몸에 하나의 몸이 더해졌다고 할 수 있다.

그렇다면 혹시 신체 능력마저도 더해져 버린 것은 아닐까?

무슨 만화 영화도 아니고 유치하다면 유치할 수도 있는 생각이지만 지금 혁준이 겪고 있는 현실 자체가 고상함과는 거리가 멀었다.

그런데 혁준이 그렇게 자신의 변화에 대해서 곰곰이 생각하고 있을 때였다.

생각지도 못한 문제 하나가 툭 불거져 나왔다.

[배고파요, 주인님. 밥 주세요. 배고파요, 주인님. 밥 주세요.]

갑작스레 경보음이 들렸다.

'배터리……'

스마트폰 배터리가 15퍼센트밖에 남지 않은 것이다.

자신에게 불어 닥친 급격한 변화들에 정신이 팔려서 가장 기본적인 것을 생각 못 하고 있었다.

'충전기가 없잖아?'

충전기가 없다.

집을 나올 때 스마트폰만 챙겼다.

'그럼 충전은 어떻게 해?'

이 시대에 스마트폰에 맞는 충전기가 있을 리 만무했다.

'이러다 전원이라도 나가 버리면?'

그야말로 좆망이다.

세계를 정복할 수 있는 도깨비 방망이가 있으면 뭐하겠는가?

전원이 나가 버리면 무용지물인데.

마음이 급했다.

마음이 급해져서 허둥지둥했다.

그럴수록 머릿속은 더욱 백지 상태로 변해갔다.

"아, 이럴 때 그 녀석들만 있어도……."

이 순간 가장 절실해지는 것은 다름 아닌 바보 삼형제였다.

사람이 참 간사하게도 가까이에 있을 때는 그렇게도 지긋지긋하던 녀석들이 또 곁에 없으니 그리워진다.

"그 녀석들이라면 충전기 만드는 정도야 문제도 아닐 텐데……."

명색이 국제 과학 올림피아드를 석권한 천재들이 아닌가.

살다 살다 그 과학 오타쿠들이 간절해질 날이 올 줄은 꿈에도 몰랐다.

하지만 그래본들 지금은 곁에 없다.

어떡하든 스스로 방법을 찾아야 했다.

그리고 그 방법이란 것은 의외로 가까운 곳에 있었다.

"그래, 지식인!"

이럴 때 이용하라고 있는 것이 바로 지식인이 아닌가.

혁준은 급히 검색창을 열어서 지식인에 들어갔다.

그리고 검색어를 입력했다.

스마트폰 충전기 만드는 법

그 즉시 관련 질문들이 주르륵 떴다.

아니나 다를까, 그 지식의 보고에는 온갖 잡다한 게 다 있었다.

[USB로 충전기 만들기]

[태양광으로 리튬전지 충전기 만들기]

[간이 발전기로 충전기 만들기]

그중에서 혁준이 관심을 가진 것은 '어댑터로 스마트폰 충전기 만들기' 였다.

무엇보다 재료가 간단했다.

출력 전압이 6V인 어댑터와 건전지, 연결할 전선과 전류계, 납땜을 할 인두 정도만 있으면 되었다. 그리고 그 모든 재료는 종로 세운상가에 가면 손쉽게 구할 수 있는 것들이었다.

혁준은 곧바로 세운상가로 달려가 재료들을 구입했다.

친절하게 그림까지 첨부해 상세히 설명해 놓아서 그것을 따라 만드는 것은 그리 어렵지 않았다. 다만 사용상에 주의가 필요했다.

—주의할 것은 충전 회로가 따로 있지 않은 관계로 과전력이 될 수가 있다는 것입니다. 전류계로 조절을 한다지만 충전량을 제대로 확인 못해서 전력량이 넘칠 경우 배터리가 폭발할 수도 있으니 가능하면 충전량이 70%를 넘지 않도록 하는 것이 좋습니다.

"이거야 뭐 어려운 건 아니지만……"

70퍼센트를 충전하는 데 대략 12시간이 걸린다는 게 문제라면 문제였다.

그래도 그렇게 한 번 충전을 하고 나면 필요할 때 검색용으로만 잠깐씩 쓰는 거라 꽤 오랜 시간 사용할 수 있었다.

그나저나 조금은 뿌듯했다.

단순히 설명서를 보고 따라한 것뿐이지만, 그 모양새가 참 허접하다고 할지 잡스럽다고 할지 보기가 민망할 정도로 조잡하긴 했지만, 그래도 이렇게 만들어놓고 보니 뭔가 대단한 발명품이라도 만든 것 같은 기분이 들었다.

"그 과학 오타쿠들이 왜 허구한 날 그 되도 않는 것들을 만드는 데 그렇게 집착들을 하나 했더니 바로 이런 맛에 하는 거였구만."

생각하니 새삼 궁금하긴 했다.

"정말 그 녀석들은 어딜 간 거지?"

왜 그날 거기에 그 괴상한 깡통만 덩그러니 남아 있던 것일까?

"설마 그 녀석들도 나처럼 과거로 온 건 아니겠지?"

만에 하나 정말로 자신처럼 그들도 과거로 온 것이라면?

"만일 그렇다면 그 녀석들도 여기 어딘가에 와 있다는 건가?"

그럴 수도 있고 아닐 수도 있었다.

그 양자이동 캡슐인가 뭔가 하는 깡통 상자가 그들에게도 똑같이 타임머신의 기능을 발현했는지 어쨌는지도 확신할 수 없고, 그게 정말로 타임머신이었다고 해도 그들이 자신과 같은 시간대의 과거로 왔는지도 알 수 없는 노릇이다.

혁준이 그렇게 바보 삼형제를 생각하며 이런저런 가정들을 해보고 있을 때였다.

"오빠, 막냇삼촌 왔어."

수진이가 그렇게 알려왔다.

수진이의 말에 혁준이 어리둥절한 표정을 했다.

"막냇삼촌? 그… 월계동의?"

"그럼 월계동에 사는 막냇삼촌이지 다른 데 사는 막냇삼촌도 있어? 그렇게 멍하니 있지 말고 얼른 나와. 인사드려야지."

혁준이 여전히 어리둥절해 있자 수진이 그렇게 재촉하고는 나갔다.

수진이 나가고도 혁준은 선뜻 방을 나서지 못했다.

그도 그럴 것이, 그의 기억 속의 막냇삼촌 권홍술은 그가 대학에 입학하던 해에 뇌졸중으로 쓰러져 그 이듬해에 돌아가셨다.

아무리 막냇삼촌이 살아 있는 시대로 온 거라 해도, 그래서 막냇삼촌이 그의 집에 온 것이 하등 이상할 것이 없는 일이라고 해도 왠지 께름칙한 건 어쩔 수 없었다.

하지만 수진이의 말대로 어른이 오셨는데 인사를 안 드릴 수는 없는 노릇이라 께름칙한 기분은 접어두고 거실로 나갔다.

"오! 혁준이 이 녀석, 그새 몰라보게 컸네?"

권홍술의 말에 수진이 입술을 샐쭉 내밀었다.

"피, 설날에 보셨는데 몰라보게는 무슨 몰라보게예요?"

"아니, 정말로 설날에 봤을 때와는 좀 달라 보여서 그런다. 이젠 제법 의젓해 보이기도 하고. 역시 너희들 나이 때는 하루가 다르구나, 하루가 달라."

그렇게 홍술과 수진이 자신을 놓고 이러쿵저러쿵하는데도 혁준은 그저 멍하니 홍술을 보고만 있었다.

　역시 이상했다.

　약간 거친 듯 호탕한 모습의 홍술은 기억 속 그대로였지만 그를 보며 이빨을 환하게 드러내고 웃는 얼굴을 보자니 왠지 온몸에 소름이 돋고 머리털이 곤두서는 느낌이 들었다.

　"오빠, 뭐해? 인사 안 드려?"

　수진이의 재촉이 있고서야 겨우 정신을 차린 혁준은 허리를 숙여 인사했다.

　"막냇삼촌, 안녕하셨어요?"

　"오냐, 오냐. 나야 안녕 못 할 게 뭐 있을라고. 그래, 공부는 잘하고?"

　"예, 뭐, 그냥……."

　혁준이 어색하게 대답을 하는 사이 아버지가 홍술에게 물었다.

　"그런데 네가 갑자기 여긴 웬일이냐?"

　"웬일은 무슨, 동생이 형 보러 온 게 웬일일 일이유? 그냥 인근에 좀 볼일이 있어서 들른 김에 형님도 좀 뵐까 하고 왔소. 긴하게 드릴 말씀도 있고."

　"긴하게 할 말이라니?"

　"일단 방에 들어가십시다. 방에 들어가서 말씀드리리다."

조카들의 눈이 신경 쓰이는지 홍술이 아버지를 데리고 방으로 들어갔다.

물론 그래 봤자 청력이 좋아진 혁준의 귀에는 방문 너머로 들리는 두 사람의 은밀한 대화가 여과 없이 다 들렸다.

다른 때 같았으면 신경 쓰지 않고 그냥 자신의 방으로 들어가서 아직 풀지 못한 의문들에 몰두했을 것이다.

하지만 그 순간 스쳐 가는 어떤 불쾌한 기억의 편린이 그의 발길을 거실에 머물게 했다.

"형님, 나 돈 좀 빌려주쇼."

홍술이 그렇게 운을 뗐다.

"돈이라니? 무슨 안 좋은 일이라도 생긴 거야? 사업이 잘 안돼?"

"아니, 그게 아니라요, 내가 이번에 정말 확실한 고급 정보 하나를 물었다 이 말이요."

"고급 정보?"

"주식 말이오, 주식! 단번에 열 배가 보장되는 주식인데 내가 당장 만들 수 있는 돈이 얼마 안돼서 말이오. 투자하는 셈 치고 돈 좀 빌려주시오. 내 몇 배로 이자 쳐서 갚으리다."

홍술의 말을 듣고 있던 혁준은 그제야 그 불쾌한 기분이 무엇 때문인지 깨달았다.

그러고 보니 이맘때쯤이었다.

막냇삼촌의 건실하던 회사가 망하고 가정까지 파탄 나 이혼까지 당한 것이.

결국 매일 술로 보내다 뇌졸중으로 쓰러지셨다.

그 모든 것은 무리한 주식 투자와 참담한 실패에서 비롯된 것이었다.

'성진바이오였던가.'

홍술이 투자한 회사를 아직도 기억하고 있다.

그도 그럴 것이, 당시 워낙에 유명한 사건이었다.

올해 1월, 주식 시장의 해외 개방과 맞추어 한창 주식 붐이 일고 있는 시기였다.

특히 벤처니 바이오니 하는 이름만 붙으면 일단 상종가부터 치고 보는 것이 1992년의 주식 시장이었다.

그런 붐을 타고 금융 사기에 가까운 작전주들이 대거 등장했는데 성진바이오가 바로 그 대표적인 곳이었다.

지금 홍술은 혁준의 아버지에게 그 밑 빠진 독에 같이 물 좀 부어달라고 요구하고 있는 것이다.

"이놈아, 아서라, 아서. 지금 있는 회사나 잘 꾸리면 되지 주식은 무슨 주식이야? 사람이 열심히 땀 흘려서 돈 벌 생각을 해야지……."

역시 고지식한 분답게 일언지하에 거절하는 아버지다.

그래도 포기 못 한 홍술이 계속해서 졸라대지만 아버지는 꿈쩍도 않으셨다.

그러니 일명 '죽음의 불꽃놀이'라고 명명된 최악의 금융 사기에서도 아버지가 입은 손해는 없었다.

하지만 홍술이 그렇게 죽고 그때 좀 더 강하게 동생을 말리지 않은 것을 두고두고 후회하며 자책하셨다.

정년을 마치자마자 귀농을 택하신 것도 분명히 홍술에 대한 그날의 자책과 한이 크게 영향을 미친 것이리라.

홍술도 홍술이지만 아버지 때문에라도 가만있을 수가 없었다.

혁준은 그 즉시 아버지의 방문을 열었다.

*　　　*　　　*

"삼촌, 삼촌이 사려는 주식, 그거 성진바이오 거죠?"

혁준의 갑작스러운 등장에 아버지 홍석과 홍술이 어리둥절한 표정을 지었다.

하지만 홍술은 이내 놀란 눈을 동그랗게 떴다.

"니가 그걸 어떻게 알아?"

"성진바이오 맞죠?"

"그렇긴 한데, 그걸 네가 어떻게 아냐니까?"

"제가 어떻게 아는지는 중요한 게 아니구요, 아무튼 그거

사지 마요."

"뭐?"

"그 회사 곧 망해요."

"무슨 소리를 하는 건지……. 성진바이오가 왜 망해? 그래 뭐, 그동안 경영진의 배임 행위나 어음 위조도 있었고 대표가 바뀌기도 해서 여러 가지로 위태롭긴 했지만 원래 테마주라는 게 살아남는 과정에서 다 이런저런 부침이 있게 마련이지. 그래서 오히려 지금이 기회인 거다. 주가가 폭락해 있는 지금이야말로 제대로 한 방 크게 터뜨릴 수 있는 기회! 이런 말까지 너한테 하는 게 좀 그렇다마는……."

홍술이 슬쩍 홍석을 본다.

이어진 말은 혁준에게 하는 말이긴 했지만 실은 홍석에게 들으라는 말이었다.

"진짜 이런 건 어디 가서 함부로 떠들면 안 되는 건데, 너 여당의 김홍립 의원 알지? 성진바이오를 뒤에서 밀어주고 있는 게 바로 그 김홍립 의원이란 말이다. 여권의 실세가 밀어주는 곳인데 그리 쉽게 망할 리가 없지 않으냐."

"그거 구라예요. 테마주도 아니구요. 그거 완벽한 작전주예요. 그것도 설거지 단계에 있는."

"어허, 이 녀석이 정말! 네깟 녀석이 뭘 안다고……."

혁준이 자꾸 토를 다니 이젠 짜증이 치미는지 사납게 눈을 부라리는 홍술이다.

하지만 혁준은 눈도 깜짝하지 않고 말했다.

"어디의 사장이 청와대를 들어갔다더라 하는 소문만 나도 다음 날이면 그 회사 주식값이 몇 배나 뛰는 게 요즘 주식 시장인데 삼촌은 순진하게 그런 걸 믿어요?"

"그러니까 네깟 녀석이 뭘 안다고 자꾸 어른들 일에 끼어들어? 학생이 하라는 공부는 안 하고 말이야. 벌써부터 주식 같은 것에 관심을 가져서야 어디 쓰겠냐고."

어른들이 말문이 막히면 흔히 하는 말을 그대로 읊어댄다.

홍석에게 한 푼이라도 더 투자를 받아내야 할 판인데 혁준이 자꾸 방해를 하니 어지간히도 답답하고 분통이 터지는 모양이었다.

어른의 권위로 자신을 짓누르려는 홍술을 보며 혁준이 비릿하게 웃었다.

"그럼 어디 한번 제가 아는 것들을 말해볼까요?"

"그래, 오냐! 대체 뭘 얼마나 알기에 성진바이오가 망하니 마니 하는지 어디 한번 들어나 보자!"

"삼촌이 성진바이오 주식을 사려는 게 단지 김홍립 의원 때문만은 아니죠? 다른 정보도 들으신 게 있죠? 예를 들어 류마티스 관절염을 고치는 특효약의 개발에 성공했다든가, 센블루먼드라는 외국계 회사가 성진바이오의 지분을 취득했다든가, 곧 490억 원에 이르는 대규모 제삼자배정 유상 증자를 할 거라든가…….”

혁준이 한마디 한마디가 이어질수록 어떻게든 꼬투리 한 번 잡아보겠다고 눈을 부라리던 홍술의 얼굴이 급격하게 굳어갔다.

혁준을 보는 눈이 놀람과 충격, 의문으로 복잡하게 얽혀 있다.

“네가 그걸 어떻게 다 알고 있는 거냐? 그런 고급 정보를…….”

“고급 정보 아니라 그거 다 구라라니까요. 삼촌, 마천루라는 회사 알죠? 회사라기보다는 사채업자라고 하는 게 맞나? 아무튼 삼촌도 주식 좀 하셨으니까 마천루가 투자한 회사들의 결말이 어떤지 정도는 알고 계시죠?”

알고 있다.

마천루와 관계된 회사에는 절대로 투자를 하지 않아야 된다는 게 개미 투자자들 사이에 도는 불문율이었다.

“설마 성진바이오도 그럼…….”

“예. 임청난 양의 전환사채 물량을 가지고 있죠. 그게 한꺼번에 시장에 나오면 어떻게 될까요?”

“주가가 폭락하겠지.”

“폭락 정도가 아닐걸요. 지금 성진바이오 상태로는 짤없이 상장 폐지예요. 지금 이런저런 소문을 내면서 주가 올리는 거, 그거 마천루랑 지금 대표랑 짜고 마지막 설거지하려는 거예요. 설거지해서 한탕 크게 챙기고 튀려는 거죠. 이런데도 거기 투자하실래요?"

홍술은 자기도 모르게 고개를 가로저었다.

그러다 움찔해서는 멍하니 혁준을 본다.

"대체 넌 그걸 어떻게 알고 있는 거냐?"

"그냥 평소에 주식에 좀 관심이 있어서요. 요즘 성진바이오가 주식 시장에 뜨거운 감자이기도 하고. 뭐, 별거 아니에요."

"별거 아니긴……."

꽤 괜찮은 정보통을 가지고 있다 자부하는 홍술이다.

그런 자신조차 모르고 있는 사실을 마치 손바닥 들여다보듯 훤히 알고 있는 혁준이 놀랍다 못해 경이롭기까지 했다.

그런 한편으로 아직 완전히 의심이 가신 건 아니었다.

혁준의 말을 고스란히 다 믿기에는 혁준이 말한 정보들이 말도 안 되게 고급 정보였다. 모르긴 몰라도 이 바닥에서 방귀깨나 뀐다는 슈퍼개미 중에서도 성진바이오에 대해 이만큼이나 상세히 알고 있는 사람은 극소수 중에 극소수일 것이다.

이러고 있을 때가 아니었다.

얼른 가서 혁준의 말이 사실인지 직접 확인해야 했다.

그리고 혁준의 말이 모두 사실이라면 당장 내일 장이 열리는 대로 그동안 끌어 모은 성진바이오 주식부터 모두 팔아치워야 했다.

홍술이 급히 몸을 일으켰다.

"형님, 나 가우."

부랴부랴 방을 나서던 홍술이 잠시 걸음을 멈추고 혁준을 보았다.

많은 의문과 하고픈 말이 많은 눈빛이다.

하지만 그도 잠시, 이내 다시 멈춘 걸음을 급하게 옮겼다.

그렇게 홍술이 가고 방 안에는 홍석과 혁준만이 남았다.

혁준을 보는 홍석의 눈빛 또한 홍술의 것과 크게 다르지 않았다.

이윽고 그동안 잠자코 보고만 있던 홍석이 혁준에게 물었다.

"어떻게 된 거냐? 삼촌에게 말한 게 전부 사실이냐?"

"예."

"네가 그런 걸 어떻게 알고? 아까 녀석의 반응을 보니 아무나 알 수 있는 정보들이 아닌 거 같던데. 꽤나 전문적인 것도 같고. 그러고 보니 며칠 전에도 주식 얘기를 했지? 혹시 너도 삼촌처럼 주식 같은 거에 관심 있는 거냐?"

홍석이 조금 엄한 표정으로 물었다.

부모로서 가지는 당연한 걱정에 잠시 머뭇거리던 혁준이 조심스럽게 대답했다.

"아버지, 저 사실은… 펀드매니저 되려구요. 그래서 좀 공부한 거예요."

"뭐? 펀드매니저?"

"지금이야 잘 알려져 있지 않지만 주식 시장 개방과 맞춰서 앞으로는 굉장히 유망한 직종이 될 거래요. 알아보니까 꽤 재미도 있고."

혁준이 그렇게 대강 둘러댄 말에 홍석의 표정이 조금 복잡하게 변했다.

홍석의 주식에 대한 인식은 그다지 좋지 못했다.

해외 개방과 맞춰서 어딜 가나 한잔 술의 레퍼토리가 주식 이야기가 되어버렸지만, 직장 동료들이 주식 이야기를 할 때면 그저 한심하다는 생각밖에 들지 않았다.

고지식한 그에게 역시 주식은 돈놀이라는 편견이 지워지지 않는 것이다.

그래서 혁준의 말에 먼저 걱정이 되었다.

괜히 허파에 바람 들어서 괜한 데 인생 허비하는 건 아닌지 불안했다.

하지만 그런 한편으로 주식깨나 했다는 홍술을 몇 마디 말로 입 다물게 해버린 혁준의 지식에 놀랐다.

그리고 어린 나이에 벌써 자신의 진로를 결정한 혁준이 대견스럽기도 했다.

'하긴, 투자자가 되는 것보다는 관리자가 되는 쪽이 훨씬 더 안정적이긴 하지.'

잘은 모르지만 펀드매니저란 직업이 점점 각광받고 있다는 것도 들어 알고는 있는 터였다.

"그래도 학생은 공부가 먼저다. 펀드매니저도 결국 대학을 나와야 할 수 있는 일 아니냐? 적어도 지금 우리나라에서는 말이다."

"예, 걱정 마세요. 제가 알아서 잘할게요."

*　　　*　　　*

그로부터 한 달이 채 못 되어서였다.

"어서어서 가지고 들어와요. 형님, 나 왔수. 혁준아, 집에 있냐?"

갑자기 홍술이 들이닥쳐서 고래고래 고함을 질러댔다.

난데없는 소란에 일가족이 다 나가보니 배달원들이 현관 문으로 냉장고며 TV 등 한 짐 가득 실어 들어오고 있었다.

"이게 다 뭐예요?"

수진이가 의아해 묻자 홍술이,

"뭐긴 뭐야? 이 삼촌이 주는 선물이지."

"선물이요? 이 많은 걸 다요? 왜요?"

"내가 이번에 혁준이한테 신세를 톡톡히 졌거든. 혁준이 덕분에 목숨 건졌으니 이 정도 선물은 당연한 거지. 그리고 혁준이 건 따로 준비했다. 저기 아저씨, 그거 이리로 가져와 봐요."

홍술의 지시에 배달원이 커다란 상자 하나를 가지고 왔다.

상자의 전면에 인텔 80486이라는 글자가 크게 찍혀 있다.

"컴퓨터예요?"

"그래, 맞다. 그것도 최신형 컴퓨터. 형님한테 들으니까 펀드매니저가 되고 싶다 했다며? 펀드매니저를 하려면 컴퓨터 정도는 다룰 줄 알아야 될 것 같아서 내가 좀 무리했지. 이게 이래 봬도 엄청 비싼 놈이거든."

혁준이 엄청 감동받을 거라 생각했는지 의기양양해하는 홍술이다.

엄청 비싼 놈인 건 맞다. 최신형 컴퓨터도 맞다.

하지만 전혀 감동적이지 않았다

'486······.'

혁준에겐 골동품 그 이상도 그 이하도 아니었다.

"이런 걸 다 뭐하러 사와? 한두 푼 하는 것도 아닐 텐데······."

홍석이 이게 다 무슨 난리냐는 표정으로 홍술을 보며 눈살을 찌푸렸다.

"다 사올 만하니까 사온 거 아니겠수? 지금 뉴스에서도 떠들썩하니 형님도 들어는 알고 계시겠지만, 오늘 성진바이오 최종 부도 났소. 그 바람에 한강 물에 투신한 사람이 벌써 세 명이나 된답니다. 그런 사람이 앞으로 부지기수로 더 늘어날 거라고도 하고. 혁준이 아니었으면 나라고 달랐겠소? 진짜 하루아침에 알거지 신세가 될 뻔했지. 아니, 알거지가 다 뭐야? 아예 빚더미에 나앉을 판이지. 이제야 하는 말이지만 성진바이오 주식 끌어 모으느라 은행에서 빌린 돈만 2억이 넘었소."

"뭐, 2억? 너 미쳤어?"

"그러니까 말이오. 내가 잠깐 정신이 나갔던 거지. 혁준이 아니었으면 생각만 해도 끔찍해요. 그러니 내가 어떻게 이 정도 성의도 안 보일 수 있겠수? 아무튼 형님은 복 받은 줄 아시우, 이렇게 똑똑한 자식 둬서. 내 장담하는데 혁준이 이 녀석, 나중에 진짜 크게 될 놈이오."

"그냥 우연히 그래 된 것뿐인데 뭘 그깟 걸 가지고 그렇게 오버를 해? 이 녀석이 우연히 얻은 정보가 마침 성진바이오였던 건 오히려 네가 운이 좋았던 거지."

"뭘 모르시는 말씀하시네. 형님, 주식 세계에선 말이오, 우연히 얻는 정보란 건 없소. 그게 인맥이든 돈이든, 아니면 재능이든 간에 그 모든 게 다 실력이지. 하물며 나라 전체가 몰랐던 그런 최상위급 정보가 우연히라도 밖으로 쉽게 흘러나올 것 같소? 어림 반 푼어치도 없소. 혁준이 어떻게 그런 정보를 알고 있었는지는 모르겠지만 그게 우연으로 얻은 건 절대로 아니다 이 말씀입니다. 말이 나왔으니 말이지만, 혁준아. 정말 그 정보, 어떻게 얻은 거냐?"

홍술이 정말로 궁금하다는 표정으로 혁준을 보았다.

하지만 혁준에게선 원하는 대답이 나오지 않았다.

"영업 비밀이에요. 아시잖아요, 이런 건 가족 간에도 공유하지 않는다는 거."

"뭐, 영업 비밀?"

생각지도 못한 혁준의 대답에 잠시 어이없어하던 홍술이 이내 호탕한 웃음을 터뜨린다.

"하하하하! 그렇지, 그래. 이런 건 가족 간에도 공유하는 게 아니지. 암, 그렇고말고. 형님, 이 녀석 말 들었소? 이놈 이거 벌써 거물 느낌 팍팍 나지 않소? 좋아, 네가 펀드매니저가 되면 그 첫 번째 고객은 내가 되어주지!"

뭐가 그리 유쾌한지 연신 호탕한 웃음을 터뜨려 댄다.

그런 홍술을 보고 있자니 홍석도 어깨가 으쓱해지긴 했다.

어쨌거나 아들 칭찬인데 듣기 좋은 것이야 당연했다.

그리해 새삼스러운 눈으로 혁준을 보는 홍석이다.

성진바이오가 최종 부도 처리 되었다는 뉴스를 접했을 때도 살짝 놀라긴 했지만 홍술의 말을 듣고 보니 대견함을 넘어 자랑스럽기도 하고 그런 한편으로 어떤 낯설음에 당황스럽기도 했다.

그런 감정들이 결국 그에게 어떤 결심을 하게 만들었다.

다음 날 저녁이었다.

회사를 마치고 온 홍석이 혁준의 앞에 통장과 도장, 서류 봉투 하나를 내밀었다.

"이게 뭐예요?"

"오늘 네 이름으로 주식 계좌 하나 개설했다. 필요한 것은 이 봉투 안에 다 있으니까 거래하는 데는 문제없을 게다."

"아버지……."

너무 의외여서 무슨 말을 해야 할지 몰라 하는 혁준이다.

그런 혁준에게 홍석이 덧붙였다.

"큰돈은 아니다. 그저 네 꿈이 펀드매니저가 되는 거라면 미리 주식 거래를 경험해 보는 것도 나쁘지 않을 것 같아서 말이다."

그제야 혁준이 통장을 펼쳐보았다.

거기에는 50만 원이 들어 있었다.

역시 큰돈은 아니다.

큰돈은 아니지만 고등학생에게 주는 돈치고는 적은 돈이라고도 할 수 없었다.

더구나 주식을 돈놀이쯤으로 생각하는 홍석이 아닌가.

"정말 이거 저한테 주시려고 만든 거예요?"

"그러니 네 이름으로 되어 있지 않느냐. 대신 하나만 약속해 다오."

"……?"

"이건 어디까지나 네 장래를 위해 경험을 쌓기 위한 목적이지 너더러 돈을 벌라고 만들어주는 것이 아니다. 그러니 그 통장에 지금 들어 있는 50만 원 한도 내에서만 주식을 하라는 것이다. 다 잃게 되면 반드시 거기서 끝내야 한다. 나도 물론 이 이상의 지원은 해주지 않을 테지만 너도 괜한 욕심이나 오기에 사로잡혀서는 안 된다는 말이다. 적어도 대학을 졸업하기 전까지는. 내 말 무슨 말인지 알겠느냐?"

홍석의 말에 혁준의 눈이 뜨거워졌다.

이 고지식한 양반이 이 주식 계좌를 개설하기까지 얼마나 망설이고 갈등했을지 안 봐도 눈에 훤했다. 얼마나 어렵고 큰 결심으로 이 통장을 자신에게 내밀었는지도 알고 있다.

그래서 코끝이 찡해올 만큼 고마웠다.

그런 한편으로 희망에 부풀었다.

드디어 그토록 바라던 주식 계좌가 수중에 들어온 것이다.

홍석은 50만 원을 다 잃게 될 거라는 가정부터 하고 말했지만 혁준은 전혀 그런 걱정을 하지 않았다.

실패할 리가 없었다.

스마트폰이 있는데, 향후 26년간의 모든 주식 정보를 손바닥 보듯 훤히 알고 있는데 실패할 리가 만무했다.

지금 그에게 있어 주식 통장은 도깨비 방망이로 금을 만들고 은을 쏟아지게 하는 마법의 주문서나 다름없었다.

그리해 혁준은 다음 날 바로 학교를 조퇴하고 증권사 매장을 찾았다.

*   *   *

"손님, 어떻게 오셨습니까?"

혁준이 자리에 앉자 단아하게 생긴 증권사 창구 여직원이 친절하게 물었다.

"주식 좀 사려고 왔는데요?"

혁준의 말에 여직원이 의아하단 표정을 지었다.

증권사에 와서 주식을 산다는 게 뭐 그리 이상한 일일까만 이런 데 드나들기에 혁준의 나이가 너무 어려 보인 것이다.

"혹시 고등학생 아니세요?"

"예, 고2입니다."

혁준의 대답에 여직원의 미간이 살짝 찌푸려졌다.

훗날에야 미성년자도 적잖이 주식 거래를 하지만 어른과 미성년의 구분이 분명한 이 시대에는 증권사를 찾는 미성년은 상당히 드물었다.

'혹시 재벌가 아들쯤 되나?'

문득 그런 생각이 들었지만 어떻게 봐도 그다지 부티와는 거리가 있어 보인다.

그렇게 여직원이 혁준을 살피는 사이 혁준이 물었다.

"주식은 어떻게 사면 되죠?"

자신의 생각에 빠져 있던 여직원이 혁준의 질문에 흠칫 놀라서는 다시 입가에 미소를 머금었다. 아까보다는 억지스럽고 메마른 미소였지만 혁준은 상관 않고 다시 물었다.

"주식은 어떻게 삽니까?"

"예, 고객님. 주식은 여기 거래 명세서에 원하는 회사와 수량을 적으시면 됩니다."

교육은 잘되어 있는지 이내 상냥한 목소리로 친절하게 설명해 준다.

거래 명세서를 받아 여직원이 가르쳐 주는 대로 기입하던 혁준이 문득 생각났다는 듯 물었다.

"혹시 유선 거래도 됩니까?"

인터넷도 제대로 안 되는 이 시대에 집에서 주식 거래를 할 수 있는 HTS시스템이 있을 리가 없다. 그렇다고 학생 신분에 번번이 증권사 매장을 찾을 수도 없는 노릇. 그래서 알아본 것이 전화 거래였다. 전화 거래라는 것이 안전장치가 미약하다 보니 여러 문제가 생겨서 몇몇 증권사는 아예 전화 거래를 금지하고 있는 곳도 있었지만 다행히 이곳은 양자 간 녹취를 남기는 방식으로 전화 거래가 가능했다.

"유선 거래요? 음, 그건 좀 곤란한데……."

"왜요? 여긴 전화 거래가 되는 걸로 알고 있는데요?"

"그렇긴 하지만……."

혁준은 여직원이 곤란해하는 이유를 바로 알아차렸다.

"왜요? 제가 어려서요? 겨우 백오십 원짜리 주식 3천 주 사면서 무슨 전화 거래냐 이겁니까?"

"그게 아니라, 고객님……."

그게 아니라가 아니었다.

혁준의 말대로 투자금이 너무 적었다.

혁준 같은 극히 소액 투자자까지 담당자를 따로 붙이는 건 인건비 대비 수지타산이 전혀 맞지 않았다.

하지만 혁준은 물러서지 않았다.

그야말로 분초를 다투는 것이 주식이다.

학생의 신분으로 장이 열리는 시간에 객장을 오간다는 것도 어려운 일인데 매도, 매수의 절묘한 타이밍을 무슨 수로 맞춘단 말인가.

"보시다시피 저 고등학생이에요. 장이 열리는 시간에는 학교에 있어야 하는데 전화 거래가 안 되면 주식 거래를 어떻게 해요?"

"하지만 고객님, 회사의 방침이란 것이 있어서……."

그렇게 혁준과 여직원이 실랑이를 하고 있을 때였다.

"뭐야? 왜 그래? 무슨 일이야?"

양복을 잘 차려입은 깔끔한 인상의 남자 직원이 다가왔다.

"남 대리님, 그게… 이분 고객님께서 유선 거래를 희망하셔서……."

"유선?"

남 대리라 불린 남자 직원이 혁준이 적은 거래 명세서를 쓰윽 훑었다.

그의 첫 반응 역시 여직원과 크게 다르지 않았다.

하지만 그것도 잠시, 웃는 낯을 하고는 혁준에게 말했다.

"회사의 방침에는 좀 안 맞긴 하지만 유선 거래를 원하시면 제가 고객님을 담당하도록 하겠습니다."

"남 대리님……."

남 대리, 남형필 대리의 반응이 뜻밖이었는지 여직원이 의아해하는 표정이다.

남형필은 여직원의 그 같은 반응에는 아랑곳하지 않고 혁준의 앞으로 종이 한 장을 내밀었다.

"고객님, 유선 거래는 따로 계약서를 작성해야 합니다. 그외에 필요한 서류들은… 음, 일단 당장 필요한 것은 다 가지고 오셨네요. 그럼 거기 굵은 줄로 밑줄 그어진 칸만 채우면 되십니다."

일이 예상치 않게 일사천리로 진행되자 오히려 잠시 머뭇거리게 되는 혁준이다.

자신의 앞에 내밀어진 종이를 얼떨떨하게 건네받고 멀뚱히 있자 남형필이 덧붙였다.

"다른 건 기입할 필요 없구요, 고객님. 거기 굵은 줄로 밑줄 그어진 칸만 채우면 되십니다."

그 재촉 아닌 재촉에 펜을 집어 들었다.

'하긴 뭐, 해준다는데 마다할 이유가 없지.'

자신이 생각해도 너무나 소액이라 사실 안 돼도 어쩔 수 없다 생각하고 있던 차에 해주겠다는데 뭐가 문제이랴.

남형필이 말한 대로 빈 칸을 채우고 도장까지 찍었다.

그러자 남형필이 혁준에게 명함을 내밀었다.

"여기 적힌 번호로 전화 주시면 유선 거래가 가능하십니다. 아니, 여기 적힌 번호로만 유선 거래가 가능하십니다. 아시겠지만 고객님과 하는 모든 전화 내용은 녹취가 된다는 점

숙지해 주시구요. 문의할 것이 있으면 기탄없이 연락 주십시오."

그렇게 혁준의 첫 주식 거래는 남형필 덕분에 별 탈 없이 마무리되었다.

그런데 증권사를 나서는 기분이 영 찜찜했다.

그가 나올 때 보여주던 남형필의 환한 얼굴이 묘하게 거슬렸다.

아니, 정확히는 환한 웃음 속에서 그를 보던 남형필의 눈빛이 거슬렸다.

그건 분명히 무시였고 깔보는 것이었다.

자신을 그렇게 무시하고 깔보면서 자신의 요구는 왜 그렇게 다 들어준 건지 잘 이해가 되지 않았다.

"남 대리님, 정말 이래도 돼요?"

여직원이 아직도 이해 안 된다는 듯 물었다.

"괜찮아. 괜히 이런 하찮은 일로 차별이니 뭐니 시끄러워지면 회사 이미지에 좋을 게 없어."

"하지만 회사 방침이……. 게다가 남 대리님께서 맡고 계신 주요 고객이 한둘도 아니고, 저런 애들 것까지 어떻게 다 신경을 써요?"

"그래 봤자 잠깐이야. 그 녀석이 투자한 의진실업, 곧 도산

할 거야."

"예?"

"3년 전만 해도 대통령 표창까지 받은 건실한 기업이었지
만 경영진의 방만 경영과 그로 인한 자금난, 두 차례의 유상
증자 실패, 대표의 갑작스러운 건강 악화로 인한 주먹구구식
경영권 교체 등으로 거기 지금, 완전 엉망이야. 주당 2천 원
이 넘던 게 불과 2년 사이에 반의반의 반 토막이 나버렸을 정
도로. 듣자 하니까 사채꾼들까지 아주 대놓고 들락거리고 있
다더군. 업계에서는 불꽃놀이 한번 크게 터뜨리고 사라질 거
라는 소문이 자자해. 그래서 다들 눈에 불을 켜고 촉각을 곤
두세우고 있었지. 그 불꽃놀이에 편승해서 짧게 한번 치고 빠
지려고. 근데 이게 소문이 너무 크게 나버렸다는 게 문제야.
소문이 크게 나버려서 이젠 불꽃놀이도 안 돼. 그냥 죽는 거
지. 눈먼 개미들과 같이. 방금 그 녀석도 그 눈먼 개미 중의
하나일 테고. 아마 일주일이면 지금 주식도 반 토막이 날 거
야. 그렇게 되면 그냥 휴지 조각이 되는 거지. 뒤늦게 매도해
봤자 팔리지가 않을 테니까."

주식 시장에서 회사 하나가 망하는 전형적인 패턴이다.

"안됐네요. 어린애가 첫 주식부터……."

이젠 불쌍하다는 생각까지 드는 여직원이다.

하지만 남형필이 무슨 소릴 하냐는 투로 말했다.

"애초에 어린애가 벌써부터 어른들 세계에 발을 디디려 한 것부터가 잘못이지. 그 대가를 혹독하게 치르는 거고. 차라리 잘된 거야. 이번에 한번 호되게 당하고 나면 다시는 이쪽 바닥에 발 디딜 생각을 못 하겠지. 알잖아? 이쪽 바닥이란 게 멀리하면 멀리할수록 좋다는 거."

알고 있다.

주식 시장이라는 게 찬란한 환희의 이면에 그보다 수십, 수백 배나 더 큰 어둠과 한숨이 존재한다는 걸.

"어설프게 당하는 것보다 이번에 왕창 깨져 보는 게 저 녀석의 인생을 위해서도 좋아. 그러는 편이 나도 귀찮지 않아서 좋고."

일개 고등학생의 푼돈이나 관리하기에는 정말이지 할 일이 태산 같은 남형필이었다.

그런데 그로부터 일주일 후, 남형필의 예상은 보기 좋게 빗나갔다.

일주일이면 반 토막이 날 거라 한 의진실업의 주가가 오히려 크게 반등한 것이다. 그것도 매일매일 가격제한폭까지 상승하는 것은 물론이고 마감 후에도 그날 매수 잔량이 100만 주 이상이 쌓일 정도로.

두 가지 요인이었다.

[의진실업, 개인투자자 김천임 씨, 최대 주주 등극]

[의진실업, 미국 웰스브릿지 인더스트리의 아시아 지역 독점 총판권 확보]

증권가의 큰손이자 기업 컨설팅계의 신화로 불리는 개인 투자자가 직접 경영 참여를 선언함으로써 의진실업 경영진에 대한 불신이 지워진 데다 그 개인투자자가 경영에 참여하자 마자 총자산 27조에 연매출 3조 원 규모의 글로벌 자원개발 기업의 아시아 총판 계약을 성사시킨 것이다.

"그동안 회사가 당면한 여러 가지 어려움을 극복하기 위해 사 측은 웰스브릿지 인더스트리와 꾸준한 협상을 진행해 왔고, 이제 야 그 결실을 맺게 되었습니다. 이번 아시아 총판 계약 성사로 향 후 우리 의진실업은 웰스브릿지 글로벌의 연간 4천억 규모에 달 하는 아시아 매출을 직접 담당하게 되었습니다."

구제 불가라고 낙인찍힌 의진실업의 기사회생은 그야말로 증권가에 센세이셔널한 사건이었다.
의진실업의 주가는 연일 상한가로 장을 마감했고, 그만큼 혁준이 가진 주식 가치도 올랐다.

그 바람에 일주일이면 신경 꺼도 될 거라 생각하던 남형필의 일은 늘었다.

'어린놈이 운도 좋군.'

처음에는 단지 운으로 치부했다.

괜히 귀찮은 일이 늘어난 것 같아서 짜증만 났다.

그런 한편으로 '그래 봤자 얼마나 가려고' 하며 혁준의 주식 실력을 여전히 무시하고 얕잡아 봤다.

하지만 두 번째, 세 번째 거래에 이르러 남형필의 생각은 완전히 달라졌다.

'썩은 지푸라긴 줄 알았더니 이거… 황금 동아줄이잖아?'

그도 그럴 것이, 혁준이 매입하는 주식이란 것이 전부 망하기 직전의 구제 불가능한 회사들인데 혁준이 주식을 매입만 하면 일주일이 안 돼 이런저런 호재가 겹쳐 모두 초대박이 터진 것이다.

제5장
너 개랑 잤어?

[의진실업, 벌써 3주째 상한가로 장 마감]

[현수토건, 2주째 상한가로 장 마감]

[위기의 메가바이오, 그 반전의 서막! 첫 상한가 달성!]

혁준은 자신이 투자한 곳의 주식이 연일 대박을 터뜨리는 중에도 그다지 기분이 좋지 못했다.

스마트폰의 정보력은 한 치의 틀림도 없어서 그야말로 백

발백중이었고, 그래서 수중에 단돈 만 원이라도 생기면 고스란히 주식에 투자했다.

하지만 그렇게 투자를 했는데도 한 달간의 수익이라고 해봐야 고작 200만 원도 되지 않았다.

'망할 놈의 가격제한폭!'

혁준이 살던 시대에는 그래도 하루 제한 폭이 30퍼센트였지만 이 시대에는 고작해야 4.6퍼센트밖에 되지 않았다. 전일 주식값이 100원이었다면 아무리 대박이 터져도 다음 날은 104.6원 이상 오르지 않는다는 뜻이다.

물론 하루 수익이 4.6퍼센트가 결코 적은 것은 아니다.

하지만 워낙에 소액으로 시작한 것이다 보니 연일 터지는 초대박에도 정작 늘어나는 보유 자산은 개미 똥자루 수준이다.

간에 기별도 안 간다고 할까?

"뭐, 고딩 주제에 이렇게 거래라도 할 수 있는 게 어디인가만……."

그래도 영 기대치에 못 미치니 기운이 빠진다.

뭐랄까, 눈앞에 금맥을 발견했는데 곡괭이가 없어 호미질을 해야 하는 심정이랄까?

"어디 목돈 좀 마련할 방법이 없나?"

그 순간 든 생각은 막냇삼촌 홍술에게 투자를 받아서 수수

료를 받아볼까 하는 것이다.

지금도 뻔질나게 찾아와서는 '이건 괜찮냐?', '추천해 줄 만한 좋은 종목 뭐 없냐?' 하며 귀찮게 하는 걸 보면 그가 손만 뻗으면 덥석 그 손을 잡을 홍술이다.

어쩌면 지금 혁준이 목돈을 마련하기에 가장 간단하고 확실한 방법일 수 있었다.

하지만 그러고 싶지 않았다.

'가족 간에 돈이 관계되어서 그 끝이 좋은 경우는 없으니까.'

더구나 홍술 같은 성격에 돈맛을 보게 되면 이런저런 문제를 일으킬 소지가 다분했다.

"역시 그냥 민증에 잉크 마를 때까지 기다리는 수밖에 없니?"

주식 거래를 할 수 있게 되었는데도 아직은 사회적 제약이 많은 나이라는 걸 새삼 인정할 수밖에 없었다.

"하긴 그래 봤자 아직 고딩이니까."

사회적 제약이 많을 나이지만 반대로 앞으로 살날 또한 무지하게 많은 나이다.

혁준은 조급해하지 않기로 했다.

등굣길,

통 통 통 통…….

고무줄이라도 달린 듯 축구공이 혁준의 발에서 떠나지 않는다.

통, 통, 통, 통…….

등굣길은 물론이고 하굣길에도 그는 축구공을 놓지 않았다.

워낙에 축구를 좋아하기도 했지만 그보다는 변화된 몸에 조금 더 빨리 적응하기 위한 그 나름의 방편이었다.

손은 늘 익숙하게 사용하던 거라서인지 문제가 되지 않았다. 최고난도의 정밀함이 요구되는 필기나 젓가락질도 전혀 무리 없이 해냈으니까. 아니, 필기나 젓가락질로 그 쓰임을 익혀왔기에 적응이 쉬웠는지도 모른다.

문제는 발이었다. 체육 시간에도 겪었듯이 힘 조절이 되지 않았다. 아무래도 발이라는 것이 평소 정밀한 쓰임과는 거리가 있는 탓인 듯했다.

그래서 택한 것이 축구공이었다.

발의 감각을 섬세하게 갈고닦는 데는 역시 드리블만 한 게 없다고 생각하고 그날부터 축구공을 끼고 살았다.

덕분에 처음에는 발에만 닿으면 발야구라도 하듯이 뻥뻥 날아가기 일쑤였는데 지금은 공이 발에 딱 붙어서 떨어지지 않는다.

아니, 그의 변화된 신체가 제대로 그 능력을 발휘한 것은 힘 조절에 어느 정도 익숙해진 다음이었다.

무슨 말도 안 되는 운동신경인지 소위 명품 드리블의 대명사라는 고급 기술들을 머릿속으로 이미지만 그리면 몸이 자동으로 반응해서 자유자재로 구사되었다.

이젠 정말 고딩계의 호날두, 메시라고 해도 손색이 없을 정도였다.

그런데,

"야, 개뽀록! 오늘도 여전하구나?"

돌아보니 민수였다.

"그런다고 개뽀록이 개뽀록이 아니게 되냐?"

일명 개뽀록.

풀이하자면 개발에 뽀록을 합친 것인데, 저번 체육 시간에 보여준 그 환상적인 슛 이후로 붙여진 별명이다. 아니, 그 환상적인 슛 이후로 두 번의 슛 찬스에서 다시 개발질을 작렬한 후라고 하는 게 정확했다.

하지만 아무리 그 이후로 실력을 발휘할 수 있는 무대가 없었다고 해도, 눈앞에서 이 정도 드리블 실력을 보여주고 있는데도 아직도 개뽀록이라니?

'하긴 까마득한 하수가 고수의 지극한 경지를 어찌 가늠할 수 있으랴.'

혁준은 수준 낮은 민수는 싹 무시하고 하던 드리블을 계속했다.

그런 혁준에게 민수가 은근슬쩍 물었다.

"너 내일 오후에 시간 있냐?"

"왜?"

"내일 5반 녀석들이랑 축구 시합 한판 하기로 했거든. 뭐, 요즘 축구공을 늘 달고 다니는 거 보니 그 열정이 가상해서 좀 끼워주려고. 그럴 리야 없겠지만 전처럼 개뽀록이라도 한 번 터지면 대박인 거고."

혁준이 그제야 드리블을 멈추고 민수를 보았다.

그 눈빛이 날카롭다.

"인원 부족하냐?"

"뭐?"

"저번 주, 저저번 주 5반이랑 해서 다 졌다며? 그것도 게임도 안 되게. 저번 주엔 7:0이었나? 그래서 애들이 질 거 뻔한 시합 안 하겠다고 한 거 아냐? 넌 이미 내기를 걸어서 빼도 박도 못하는 처지고."

정곡을 찔렀는지 적잖이 당황하는 민수다.

하지만 그것도 잠시,

"예리한 놈."

순순히 인정해 버린다.

"하지만 반은 맞고 반은 틀렸어."

"뭐가 또 있는데?"

"인원이 부족해서가 아니라. 어디까지나 니가 필요해서야. 너만 있으면 5반이랑 한번 붙어볼 만하니까."

이번엔 혁준이 흠칫했다.

'이 녀석 설마 개뽀록 개뽀록 하면서도 사실은 내 실력을 어느 정도 짐작하고 있는 건가?

잠깐 그런 생각을 했지만 그건 김민수라는 인간에게 너무 큰 기대를 한 것이었다.

"니가 같이 한다는 조건으로 창수도 끼기로 했거든."

"뭐? 악귀 창수가 왜? 그 녀석, 내기 시합 같은 건 안 하잖아?"

"그러니까 말이야. 혹시나 싶어서 한번 찔러봤더니 니가 같이 하면 자기도 하겠다고 하더라고."

민수의 말에 혁준이 눈살을 찌푸렸다.

'창수 녀석, 대체 무슨 생각인 거지?

창수가 이상해진 건 전날 개떼 축구 이후부터였다.

자꾸만 창수의 시선이 느껴졌다.

교실에서도, 교실 밖에서도.

뭔가 뒤통수가 근질거린다 싶어 돌아보면 거기에는 어김없이 창수가 있었고, 혁준의 시선이 닿을 때면 마치 수줍음 많은 소녀처럼 황급히 고개를 돌리곤 했다.

창수가 정말 수줍음 많은 소녀였다면 자신에게 관심이 있는 것이 아닌지 착각했을지도 모르지만,

'그럴 리가 없지.'

그 이름도 유명한 악귀 창수가 아닌가.

학우들의 선망을 한 몸에 받고 있는 남자 중의 남자!

키 186에 배우를 해도 손색없는 외모, 스포츠 만능에 공부까지 잘하는 떡대 죽이는 녀석이 그러니 온몸에 소름이란 소름이 다 돋을 판이다.

'그 녀석, 진짜 게이 아냐?'

내기 축구는 절대로 안 한다던 녀석이 그런 제안까지 했다고 하니 스치듯 지나친 의심이 점점 강해진다.

"너도 알다시피 창수만 끼면 5반이랑도 충분히 해볼 만하잖아? 그러니까 우리 2학년 3반의 명예를 위해 니가 이번 한 번만 도와주라."

"2학년 3반의 명예가 아니라 내기에 걸린 돈을 위해서겠지."

"뭐, 겸사겸사. 이번엔 일인당 2만 원이 걸렸으니까. 2만 원이라고 2만 원! 창수가 낀다는데 이번 참에 지금까지 잃은 돈 싹 다 만회해야 할 거 아냐. 그러니까 함만 도와주라."

"됐거든? 내가 뭐 원 플러스 원이냐? 덤이야? 창수 녀석도

말이야, 왜 가만있는 날 끌어들여? 지가 나랑 언제부터 친했다고? 아무튼 난 안 할 거니까 니들끼리 알아서 하셔."

혁준이 더는 말상대도 하기 싫다는 듯이 걸음을 빨리했다.

그러자 민수가 다급히 외쳤다.

"야! 토요일에 내가 미팅시켜 줄게!"

순간 혁준이 우뚝 멈췄다.

"미팅?"

뭘까, 이 아련하고 그리운 단어는?

하지만 그뿐이었다.

'이 나이에 고딩이랑 미팅은 무슨…….'

"됐거든?"

"어쭈? 제법 도도하게 구시는데? 미팅 상대가 누군지 듣고도 과연 도도할 수 있을까?"

녀석의 의미심장한 말에 혁준이 콧방귀를 뀌었다.

"도도하게 구는 게 아니라 진짜 관심 없거든?"

"경화예고인데도?"

순간 혁준이 움찔했다.

그러자 민수가 기가 살아서는 떠들어댔다.

"그래, 경화예고라고, 경화예고! 거기서 제일 못생긴 애를 뽑아다가 길거리에 놓아둬도 길거리 캐스팅을 받는다는 바로 그 경화예고! 이 시대 모든 고삐리들의 로망! 이래도 튕길 거야? 니가 적어도 거시기 두 쪽 달린 건강한 남자라면 절대로 거절 못 할걸."

"그래 봤자 고삐리지."

"고삐리도 고삐리 나름이라고! 완전 이미연, 이상아, 하희라 급이라 했단 말이야!"

"얌마, 뻥을 쳐도 적당히 쳐야지! 그게 말이 돼?"

"진짜라니까! 더구나 이번 미팅에는 저번 경화예고 학예회에서 미스 경화로 뽑힌 애까지 온다고 했단 말이야!"

민수가 그렇게까지 호언장담을 하니 혁준도 살짝 귀가 솔깃하긴 했다.

"그 거짓말 진짜야?"

"그렇다니까!"

"이미연 급이라고?"

"그래!"

이미연은 그의 청춘의 뮤즈이자 우상이며 로망이었다.

이쯤 되고 보니 마음이 안 동하려야 안 동할 수가 없다.

이미 눈빛부터가 한풀 꺾인 혁준을 보며 민수가 비릿하게 웃으며 다시 물었다.

"어떡할래? 그래도 안 할래?"

*　　　*　　　*

그리해 혁준은 운동장에 섰다.

'이건 어디까지나 미팅 때문이 아니라 도움이 필요한 학우에게 도움의 손길을 내민다는 차원에서니까, 뭐. 내가 변태도 아니고 원조교제를 일삼는 파렴치한도 아니고, 민증에 잉크도 안 마른 여고생한테 뭔가를 기대하고 막 그러는 사람은 아니란 말이지.'

괜히 양심에 찔려서 그렇게 자기변명을 하는 혁준이다.

그러는 사이 민수가 아이들을 모아놓고 작전을 얘기했다.

"다들 포지션은 전과 동일해. 문제는 창수랑 혁준인데… 내가 미들에서 찔러줄 테니까 창수가 최전방을 맡고 혁준인 우측 풀백 맡아. 개발이긴 하지만 그래도 너 달리기는 빠르니까 괜히 어설프게 공 뺏으려 하지 말고 그냥 사람만 주구장창 따라다녀."

민수가 그렇게 작전 지시를 하는데 창수가 불쑥 끼어들었다.

"내가 미들, 혁준이 최전방."

창수의 말에 모두가 어리둥절한 얼굴을 했다.

"뭐? 그게 말이 돼? 혁준이 완전 개발인데 최전방을 어떻게 맡겨?"

"그래, 혁준이한테 최전방은 무리야. 될 걸 시켜야지. 이거

2만 원 빵이라고!'

애들이 그 즉시 반발했지만 창수는 물러서지 않았다.

"내가 미들, 혁준이 최전방. 이렇게 가."

창수가 한층 더 강압적인 눈빛을 했다.

내 말이 곧 법이요 진리라는 눈빛.

악귀 창수의 그 같은 눈빛에 반항할 수 있는 사람은 적어도 이 자리엔 없었다.

분위기가 삐걱대는 틈을 비집고 민수가 중재에 나섰다.

"좋아, 일단 혁준일 최전방으로 해서 5반 녀석들의 허를 찔러보자고. 또 누가 알아? 그때처럼 또 개뽀록이라도 하나 터져 줄지. 그렇지만 이게 안 먹힌다 싶으면 후반전엔 창수가 최전방이야. OK?"

"그러지."

민수가 내건 중재안에 창수가 군말 없이 고개를 끄덕였다.

그건 다른 아이들도 마찬가지였다.

이 순간 다른 아이들의 머릿속에 떠오른 생각은 딱 하나였다.

'전반전까지만 어떻게든 버티면 승산 있다!'

어떻게든 전반전만 버티다가 창수가 최전방을 맡는 후반전에 승부를 보자는 생각이다.

그만큼 창수에 대한, 그동안 창수가 보여준 축구 실력에 대한 아이들의 믿음은 절대적이었다.

물론 그건 상대편인 5반이라고 다르지 않았다.

"다른 녀석들이야 어차피 좆밥이고, 무조건 창수만 막아. 창수만 막으면 오늘도 그냥 거저먹기야. 창수 하나로 승패가 좌우될 정도로 축구란 게 허접한 스포츠가 아니란 걸 제대로 한번 보여주자고!"

2학년 3반과 5반의 축구 시합은 그렇게 후끈 달아올랐다.

한껏 기분이 고조된 건 혁준이라고 다르지 않았다.

지난 체육 시간의 개떼 축구 이후로 처음이다.

그 자체로 꽤나 흥분이 되는 데다 지난 한 달 동안 갈고닦은 자신의 실력이 과연 실전에서 얼마나 통하는지 기대도 되고 설레기도 했다.

물론 그것과는 별개로 찝찝한 마음도 없지 않았다.

'대체 저 녀석은 뭘 생각인 거야?'

혁준이 창수를 보았다.

풀백보다야 최전방 공격수가 훨씬 더 마음에 들긴 하지만 자꾸만 자신을 걸고넘어지는 창수의 의도가 영 개운치 않았다.

'역시 저 녀석, 정말 나 좋아하나?'

그 순간 등허리를 훑고 지나가는 소름이라니.

어쨌거나 그러는 사이,

휘리리릭—

킥오프 휘슬이 울렸다.

선공은 3반이었다.

운동장 중앙에서 민수가 창수에게로 공을 돌렸다.

그런데 바로 그 순간이었다.

"혁준아, 달려!"

창수가 혁준을 향해 그렇게 소리친다 싶은 순간,

뻐엉—!

창수의 발을 떠난 공이 그대로 최전방을 우측 사이드를 향해 맹렬하게 날아갔다.

그야말로 아무도 예상치 못한 기습이었다.

예상치 못한 건 혁준도 마찬가지였다.

'뭐, 뭐야?'

갑작스럽게 벌어진 속공에 심히 당황한 혁준이다.

하지만 그의 몸이 머리보다 먼저 반응했다.

생각하고 자시고 할 것도 없이 날아오는 공을 향해 무작정 달렸다.

잠깐 당황한 5반 녀석 중 하나가 그런 혁준을 보며 외쳤다.

"길다, 길어! 그냥 냅둬! 쫓을 필요 없어!"

정확한 판단이었다.

창수의 발을 떠난 공은 너무나 빠르고 길었다.

도저히 혁준의 발이 닿을 수 없는 거리였다.

그런데 모두가 그렇게 골 아웃을 예상한 그 순간이었다.

툭―

닿았다.

그것도 정확히 혁준의 발등에.

더 놀라운 것은 그 먼 거리를 그 정도 세기로 날아왔는데도 공이 혁준의 발에 닿는 순간 마치 자석이라도 붙은 듯이 발등에 딱 달라붙었다는 것이다.

그 예술적인 퍼스트 터치에 3반이고 5반이고 할 것 없이 모두가 놀라 눈을 휘둥그레 떴다.

그 와중에도 먼저 정신을 차린 5반 녀석이 다급히 소리쳤다.

"야! 뭐해! 막아! 막으라고!"

녀석의 말에 그제야 수비수들이 정신을 차리고 혁준에게 달려들었다.

먼저 하나가 거칠게 태클을 시도했다.

그런데 그 순간 혁준이 공을 양쪽 발로 톡톡 번갈아 차는가 싶더니 몸을 빙글 돌아서는 간단히 태클을 피해 버렸다.

"뭐, 뭐야? 뭐가 어떻게 된 거야?"

워낙에 순식간에 벌어진 일이라 제대로 본 사람이 아무도 없었다.

두 번째 수비수도 마찬가지였다.

어떻게든 수비가 정비될 때까지 시간을 끌어볼 요량으로 혁준을 막아서려 했지만 그때는 이미 혁준이 그를 통과해 버린 다음이었다.

이 또한 뭐가 어떻게 된 건지 알아본 사람은 아무도 없었다.

그리고 골키퍼와의 일대일 대결.

"어림없다!"

골키퍼가 급히 달려 나오며 육탄 방어에 나섰지만,

통—

혁준의 발끝을 떠난 공은 아름다운 포물선을 그리며 그대로 골네트에 안겼다.

그리고 이어진 것은 정적이었다.

그야말로 모두가 얼이 빠졌다.

하지만 그것도 잠시,

"우와아아아아아아아아아아! 권혁준! 너 진짜 짱이다!"

3반 아이들 사이에서 그야말로 우레와 같은 함성이 터져 나왔다.

*   *   *

2학년 3반 아이들이 외쳤다.

"야! 혁준이한테 넘겨!"

"공 잡으면 무조건 혁준이한테 패스해!"

2학년 5반 아이들이 소리쳤다.

"막아! 다른 놈 다 무시하고 권혁준 저 새끼만 막아!"

"야! 다리 걸어! 다리부터 걸어!"

"잡으라고! 수비수 이 등신 새끼들아! 똑바로 안 할래? 대체 저 새끼 하나한테 몇 골을 줄 거야!"

"씨발! 그럼 니들이 막아봐! 저 새끼 저거 완전 마라도나라고!"

금요일 방과 후에 벌어진 풍천고 2학년 3반 대 2학년 5반의 축구 시합.

종료 휘슬을 불기까지 이제 남은 시간은 5분.

점수는 11 대 1.

2학년 3반의 압도적인 리드였다. 그리고 그 중심에 11골 중 혼자서 무려 9골을 터뜨린 혁준이 있었다.

혁준에게 철저히 농락당한 5반 녀석들에겐 이젠 악밖에 안 남았다.

경기의 승패 따위는 중요하지 않았다.

룰 같은 것도 잊은 지 오래다.

그들이 하는 것은 더 이상 축구가 아니었다.

거칠고 사납기가 군대스리가의 전투 축구 저리가라 할 정도이다. 심지어 차라는 공은 안 차고 혁준의 얼굴을 향해 대놓고 발을 날리는 녀석도 있었다. 그야말로 태권 축구의 진수를 보여주고 있었지만 정작 혁준은 태연하기만 했다.

언제 어떻게 태클이 들어올지, 어디로 발이 날아올지 훤히 다 보였다. 경기가 막판에 이르자 공격수, 수비수 할 것 없이 필드 플레이어 열 명이 죄다 그에게 몰렸지만, 혁준이 제대로 실력을 발휘한 것은 오히려 그때부터였다.

"헉! 마르세유 턴?"

이젠 혁준의 페인팅이 눈에 익어서 무슨 기술을 사용하는지 정도는 알게 되었다. 물론 무슨 기술인지 안다고 해도 막는 건 불가능했다.

"뭐야? 이번엔 사포야?"

혁준의 화려한 기술에 두 명의 수비수가 멀뚱히 길을 내줬다.

거기서 다시 간단한 아이페인팅으로 한 명을 더 따돌린 혁준이 한층 스피드를 올렸다.

"야! 까! 그냥 까! 씨발! 그냥 까버리라고!"

네 명이 황소처럼 달려들었다.

이젠 발로도 부족해서 아예 대놓고 손까지 썼다.

"야, 이 5반 이 씨발놈들아! 니들 지금 럭비 하냐!"

보다 못한 3반 녀석들이 비난을 퍼부었다.

하지만 5반 녀석들의 반칙도, 3반 녀석들의 비난도 모두 부질없는 짓이었다.

황소처럼 럭비를 하듯이 달려드는 수비들을 향해 충돌이라도 하려는 듯이 그대로 돌진하던 혁준이 어느 순간 투명인간이라도 된 양 네 명의 수비수를 통과해 버렸다.

"뭐, 뭐야? 뭐가 어떻게 된 거야?

"우와! 저거 팬텀드리블 아냐?"

"뭐? 팬텀드리블? 그게 뭔데?"

"그거 있잖아. 미카엘 라우드롭의 전매특허!"

여기저기서 놀람에 찬 탄성들이 터져 나왔다.

물론 그건 3반 녀석들의 것이었다.

이미 5반 녀석들은 그런 소리조차도 지르지 못할 정도로 완전히 멘붕 상태가 되어 있었다. 그건 골키퍼도 마찬가지여서 혁준은 골키퍼마저 유유히 따돌리고는 골대 안으로 툭 가볍게 공을 밀어 넣었다.

이로써 열 번째 골 완성.

그와 동시에 종료 휘슬이 울렸다.

"와아아아! 너 권혁준 이 새끼, 진짜 끝내준다!"

"야, 개뽀록! 지금까진 대체 왜 그런 실력을 숨기고 있었던 거야?"

"인마, 개뿌룩이라니? 마라도나가 살아온다고 해도 혁준이 만큼은 못할 텐데."

"마라도나 아직 안 죽었거든?"

"아무튼 오늘 진짜 감동 먹었어! 완전 소름 돋아! 봐봐, 소름 완전 돋았잖아!"

3반은 시끌벅적, 그야말로 축제 분위기였다.

반대로 5반은 초상집이다.

"저 새끼, 뭐야? 뭐 저런 괴물이 다 있어?"

"혹시 브라질 유학파 아냐?"

"3반, 완전 호구였는데 저 새끼 하나 때문에 우리가 완전 호구 잡히게 생겼어."

"씨발! 창수 하나만 막으면 좆밥일 줄 알았더니 저런 괴물이 대체 어디서 갑자기 튀어나온 거야?"

3반이든 5반이든 온통 혁준에 대한 이야기로 떠들썩했다.

물론 다 듣고 있었다.

우쭐한 기분도 든다.

'이 정도면 뭐 고교 축구사에 한 획을 그었다고 할 수 있겠지?'

스스로 자평하기에도 상당히 만족스러운 경기력이었다.

하지만 그런 와중에도 여전히 찜찜한 구석은 남아 있다.

혁준의 눈이 창수를 향했다.

'저 녀석, 대체 무슨 생각을 하고 있는 거지?'

킥오프를 하자마자 뻥 축구로 시합을 시작하더니 그 후로도 공만 잡으면 혁준을 향해 뻥뻥 날려대기 일쑤였다.

그것도 다른 사람이라면 절대 닿을 수 없는 지점으로.

마치 혁준을 테스트라도 하듯이 조금씩 난도를 높여서.

'아니, 그건 그렇다 치고, 저 표정은 대체 뭐냐고.'

지금 혁준을 보는 창수의 표정엔 감동과 희열, 어떤 뜨거움이 복잡하게 얽혀 있었다. 심지어 눈가에는 눈물마저 그렁그렁했다.

'대체 뭐냐고. 기분 나쁘게.'

혁준이 그렇게 창수를 보며 불쾌해하고 있는데 민수가 다가왔다.

"야, 권혁준. 너 오늘 진짜 끝내주더라? 완전 마라도나가 따로 없던데?"

"왜? 언제는 개뿌록이라며?"

"그러니까 말이야. 어떻게 매의 눈을 가진 이 형님마저 그렇게 감쪽같이 속일 수가 있느냐고, 이 음흉한 놈아."

"매의 눈 같은 소리 하네. 썩은 동태눈도 아깝구만."

"아무튼 이건 네 몫."

민수가 만 원짜리 지폐 두 장을 내밀었다.

그 2만 원을 받아 들고 보니 좀 아쉽다.

"좀 큰 건 없냐? 이왕 내기 시합을 할 거면 좀 더 화끈하게 할 것이지."

"인마, 그동안 5천 원 빵 하다가 이것도 크게 한 거야. 고삐리가 돈이 어딨냐? 그리고 배부른 소리 작작 하서. 너 때문에 이젠 이 짓도 못 하게 생겼으니까."

"왜? 뭐가 나 때문이야?"

"오늘 경기로 학교 전체에 니 소문이 쫙 퍼질 텐데 누가 우리 반이랑 내기 축구를 하겠냐? 5반이면 2학년 최강인데 그런 5반을 아주 너덜너덜 걸레로 만들었으니……. 그러게 좀 적당히 해야지, 인마. 4반이랑 7반한테도 복수혈전을 해야 하는데, 복수고 뭐고 이젠 다 물 건너가 버렸잖아."

들고 보니 그도 그렇다.

'고딩들 상대로 너무 설쳤지?'

생전 처음으로 받아본 열렬한 환호에 취해서 그만 너무 흥을 내버렸다.

창수까지 은근히 자극을 주는 통에 절제를 하지 못했다.

하지만 아무리 그래도 그렇지, 이건 뭐 물에 빠진 거 구해 주니 보따리 내놓으라는 식이다.

'매번 점심시간마다 5반에 조공이나 바치던 것들이!'

혁준이 뭐라 한마디 따지려는데 민수가 턱 하니 혁준의 어깨에 팔을 걸치며 말했다.

"그래도 이 형님이 누구냐? 너 용돈 정도는 책임질 테니까 걱정 붙들어 매서. 우리 학교가 안 되면 다른 학교라도 섭외를 하고, 그것도 안 되면 대학생이라도 물어올 테니까 넌 그냥 오늘처럼 우리가 이길 수 있도록 실력 발휘만 하서. 아니, 혁준이 너만 있으면 대학생들하고 붙어도 문제없을 거 같은데, 그냥 대학생들하고만 할까? 너 말대로 돈 좀 올려서?"

말하는 폼이 꼭 에이전트 같다.

'벌써부터 이러니 그 방면으로 나가면 크게 대성할지도……'

"아참, 내일 미팅 말이야."

"응?"

"시간이랑 장소가 이제 정해졌거든."

"그래? 몇 시에 어디로 가면 되는데?"

"5시 대학로 마고. 그럴 리야 없겠지만 혹시라도 내키지 않으면 지금 말해. 괜히 나중에 딴소리하면 내 입장만 곤란해지니까. 그리고 회비 만 원 잊지 말고."

혁준의 태도가 영 미적지근했던지 민수가 재차 확인을 한다.

"그럴 일은 없으니까 걱정 마시게. 이미연 급도 나온다며? 이참에 눈요기나 좀 하지, 뭐. 간만에 기분 전환도 될 테고."

그러나 모처럼의 기분 전환은 의외의 복병을 만났다.

'데이트 비용은 어쩌지?'

지금까진 돈이 생기는 족족 주식에 모두 투자했다.

지금 수중에 있는 돈이라고는 어제 시합으로 번 돈 2만 원과 가지고 있던 이천육백 원뿐이다.

"이래서는 모텔비도 안 나……."

무심결에 중얼거리던 혁준은 화들짝 놀라서 손사래를 쳤다.

"내, 내가 지금 무슨 생각을……."

습관이다, 습관.

이성과의 만남에 이음동의어가 되어버린 40대 아저씨의 몹쓸 습관.

결코 진심에서 우러나온 말이 아니다.

"아무렴 내가 여고생과 그런 델 갈 리가 없잖아?"

그런 델 갈 마음을 먹을 리도 없다.

이래 봬도 나름 반듯하게 살아온 어른이었다.

"그나저나 어쩌지? 이걸로는 불안한데……."

모텔에 갈 일이야 없다고 해도 2만 원은 역시 너무 빡빡했다.

더구나 거기서 단체 회비 만 원을 빼면 고작 만 이천육백 원.

너무 적다.

"그렇다고 아버지한테 손 벌릴 수도 없고."

이 나이에 데이트 비용을 타 쓴다는 게 참 민망하다.

"그냥 주식을 팔까?"

하지만 아깝다.

앞으로 2년은 묵혀둘 생각으로 산 주식이다.

그만큼 건실한 대박주가 쉽게 나오는 게 아니었다.

한 주라도 더 주식을 사 모아도 모자랄 판에 아무리 소량이라도 지금 파는 건 너무나 아까웠다.

잠시 고민하던 혁준이 민수에게 전화를 걸었다.

"시합 없냐?"

—시합?

"돈 좀 될 만한 걸로."

—음, 정말 대학생들로 한번 알아볼까?

"알아보면 언제쯤 되는데? 내일 점심 때 되냐? 미팅 전에."

—내일 점심? 당연히 안 되지, 인마. 우리 애들 스케줄도 맞춰야 하고 그쪽 애들 스케줄도 맞춰야 하는데, 스물두 명 스케줄을 어떻게 하루 만에 다 조율하냐? 일요일이라면 어떻게 해볼 수는 있을 테지만…….

"아냐, 그럼 됐다."

—근데 갑자기 왜? 혹시 미팅 비용 없냐? 설마 회비 만 원

도 없는 건 아니겠지? 어제 딴 돈은 어쩌고?

"회비는 있거든? 아, 됐어. 됐으니까 신경 끄셔."

딸칵.

결국 민수도 별 도움이 되지 않았다.

그때 마침 거실로 나오던 수진이 통화 내용을 얼핏 들었나 보다.

"오빠, 내일 미팅해? 오호! 제법인데? 난 오빠가 왕따나 당하지 않을까 걱정했는데 미팅에도 불러주고 그러는구나?"

"너한테 내 이미지가 그랬냐?"

"뭐, 딱 그렇진 않았는데 그다지 밝지도 않았으니까. 그래도 요즘 오빠 보면 좀 변한 것 같긴 해. 이제야 우리 권씨 문중의 장남다워졌다고 할까? 막냇삼촌도 아빠보단 오빠한테 더 설설 기잖아. 어휴, 기특해. 우리 오빠, 다 컸어."

그러고는 혁준의 턱을 간질였다.

십 대 때였다면 그런 어린애 취급에 발끈했을지도 모르지만 지금은 마냥 기분이 좋다.

수진이의 손길에 턱을 쭉 빼는 혁준의 모습은 잘 길든 강아지처럼 보였다.

* * *

하지만 지금은 수진이와의 푸근한 시간을 즐기고 있을 때가 아니었다. 내일 미팅을 생각하면 어떻게든 돈을 마련할 방법을 찾아야 했다.

달콤하고 기분 좋은 수진이의 손을 떼어내고는 자신의 방으로 돌아갔다.

그리고 다시 곰곰이 생각했다.

그러나 아무리 머리를 쥐어짜도 이렇다 할 방법이 떠오르지 않았다.

시간이 하루만 더 있으면 노가다라도 뛸 텐데 지금은 그것도 여의치 않다.

"역시 주식을 파는 수밖에 없나?"

혁준이 결국 그렇게 체념하고는 주식 동향이나 살필 겸 스마트폰을 켰다.

그때였다.

"오빠!"

돌연 수진이가 방문을 벌컥 열었다.

이 갑작스러운 상황에 황급히 스마트폰을 숨긴 혁준이 버럭 짜증을 냈다.

"넌 노크도 모르냐!"

혁준이 버럭 짜증을 내자 수진이 수상쩍은 눈빛을 한다.

"뭘 그렇게 놀래? 혹시 이상한 짓 하고 있었던 거 아냐?"

"이상한 짓이라니?"

"왜, 있잖아? 사춘기 남자들이 다 하는 거."

상당히 의미심장한 발언이다.

쏘아보는 눈빛 또한 의미심장하긴 마찬가지였다.

나이 마흔이면 불혹이라 했다.

미혹됨이 없고 쉽게 마음이 흐트러지지 않는다는 뜻이다.

하지만 열여섯 살 여동생한테서 그런 발언에 그런 눈빛을 받으니 마음이 흐트러지지 않으려야 않을 수가 없었다.

"이, 인마, 지금 무슨 소리를 하는 거야! 난 그냥……."

무척이나 당황스럽고 민망한 마음에 다시 버럭 짜증을 내려는데, 수진이가 그런 구차한 변명은 듣고 싶지 않다는 듯 손을 휘휘 내저었다.

"뭐, 그건 됐고, 이거나 받아."

그러고는 혁준의 앞으로 불쑥 뭔가를 내밀었다.

"……?"

얼떨결에 받아 들고 보니 꼬깃꼬깃 구겨진 몇 장의 만 원짜리 지폐였다.

"이거… 뭐야?"

"뭐긴 뭐야, 그동안 내가 조금씩 모아둔 용돈이지."

"니 용돈을 왜 나한테 줘?"

"뭐, 그렇게까지 감격할 건 없어. 그냥 내가 걱정스러워서 그래. 아무리 지금 좀 듬직해졌다고 해도 오빠 꼬락서니로는 앞으로 여자 만날 기회란 게 많지 않을 텐데 고작 데이트 비용이 없어서 이런 기회를 날려 버리면 너무 아깝잖아? 그렇게 한 번, 두 번 기회 날리다가 마흔이 넘도록 장가도 못 가서 빌빌거리면 그땐 어떡해? 그런 한심한 오빠를 두고 하나뿐인 동생인 내가 어떻게 마음 편히 나 혼자 잘 먹고 잘살 수 있겠어? 안 그래?"

걱정인지 저주인지 모르겠다.

애당초 괜한 걱정이다.

'내가 마흔이 넘도록 노총각 신세인 건 맞지만 내 하나뿐인 동생은 그런 불쌍한 오라비를 버려두고 캐나다로 이민 가서 마음 편히 저 혼자 잘 먹고 잘살고 있었거든?'

하지만 캐나다로 이민을 가버리게 될 미래의 수진이도, 걱정인지 저주인지 모를 말로 자신을 무시해 대는 지금의 수진이도 전혀 얄밉지가 않았다. 얄밉기는커녕 수진이의 배려에 무한 감격 중이다.

꼬깃꼬깃 구겨진 지폐를 펴서 액수를 확인하고는 한 번 더 감동했다.

5만 원.

90년대 초반이다.

그렇게 넉넉한 살림도 아니다.

대책 없이 유학을 떠나 버린 엄마의 유학비를 충당하는 것만으로도 빠듯한 살림에 이제 기껏 여중생인 수진이의 용돈이라고 해봐야 일주일에 7천 원이 고작이다.

그 쥐꼬리만 한 용돈으로 5만 원을 모으려면 아끼고 아껴도 서너 달은 족히 모아야 겨우 마련할 수 있는 거금이다. 그렇게 어렵게 모은 돈을 못난 오라비의 청춘사업을 위해 기꺼이 투척한 것이다.

고마움에 뭉클한 감동이 된다. 그 감동은 가슴 가득 벅차올라 마음을 울컥하게 했다.

"수진아……."

"왜?"

"사랑한다."

아마도 태어나 처음일 것이다.

수진이에게 사랑한다고 말한 것이.

그것도 단돈 5만 원에.

그런데도 워낙에 감동을 먹어버린 상태라 민망한 줄도 몰랐다.

물론 그런 혁준과는 달리 수진이는 이 갑작스러운 닭살을 극복하지 못하고 혀를 샐쭉 내밀었다.

"징그럽게 뭐야? 됐거든. 다 주는 거 아니니까 데이트 비용 하고 남는 돈은 한 푼도 쓰지 말고 도로 가져와야 돼. 알았지?"

그렇게 툴툴거리고는 이내 닭살 가득한 혁준의 방을 나가 버렸다.

수진이가 방을 나간 후에도 혁준은 수진이가 남기고 간 5만 원의 감동에서 한참이나 헤어나질 못했다.

그리하여 드디어 미팅 날이 되었다.

이 시절의 교통 상황이 어떤지 잘 기억이 나지 않아서 약속 시간보다 조금 서둘러 출발했더니 30분이나 일찍 카페 마고에 도착해 버렸다. 그런데도 다른 녀석들이 혁준보다 먼저 와서 기다리고 있었다.

"어, 왔냐? 일찍 왔네? 짜식, 미팅하잘 때는 별 관심 없는 척하더니 완전 내숭이었구만. 근데 너, 옷이 좀 그렇지 않냐?"

민수가 혁준의 위아래를 훑으며 그렇게 말했다.

그 기분 나쁜 시선에 혁준이 눈살을 찌푸리며 물었다.

"좀 그렇지 않냐니?"

"너무 노티 나잖아."

"노티?"

민수의 패션 지적질에 혁준은 어이가 없었다.

'노티라고?

하얀 면 티에 약간은 댄디해 보이면서도 캐주얼한 느낌의 재킷, 그리고 일자형의 청바지, 캐주얼한 스니커즈… 부족한 아이템들을 뒤지고 뒤져서 21세기형 패션 센스를 유감없이 발휘한 것인데 노티라니?

'이 자식이 20세기 구닥다리 안목으로 감히 어딜 재단질이야?'

너무 가소로워서 콧방귀도 나오지 않았다. 게다가,

'나야 그렇다 치고, 이것들은 다 뭐야? 남 패션 지적질하기 전에 니들 자신이나 좀 신경 쓰라고.'

스쿨 룩, 일명 서태지 패션.

뭐, 요즘 한창 신드롬을 일으키고 있는 서태지와 아이들이고, 그에 맞춰서 서태지 패션이 대유행이니 원색의 귀엽고 컬러풀한 의상이야 그러려니 하겠다만, 저 말도 안 되는 멜빵바지는 뭐고 아줌마들이나 쓰는 선캡 같은 모자는 또 뭐며 저기 덜렁거리고 있는 상표 태그는 또 뭐란 말인가.

'이건 뭐 유행을 따라한 게 아니라 그냥 서태지와 아이들 코스프레구만.'

그런 주제에 가당찮게도 저 깔보는 눈빛들은 대체 또 뭐란 말인가?

심지어,

'폭탄 제거에 내가 걸릴 일은 없겠네.'

경쟁자 하나가 사라진 것에 그렇게 안도하는 녀석도 있었다.

'나 참, 촌발이 아주 회오리치고 있는 주제에 저런 말도 안 되는 자신감은 대체 어디서 나오는 거냐고!'

한자리에 동석해 있는 것만으로도 얼굴이 다 빨개질 지경이다.

그러나 어쩌랴. 지금 시대가 20세기 구닥다리 촌발 패션을 원하고 있는 것을.

물론 아무리 시대가 요구한다고 해도 거기에 편승할 생각은 추호도 없었다.

'쪽팔리니까.'

녀석들의 시선은 무시하기로 했다.

미팅녀들의 반응도 녀석들과 비슷할지 모르지만 그마저도 신경 쓰지 않기로 했다. 어차피 뭔가를 기대하고 나온 자리도 아니다. 여고생들의 시선 따위에 상처받을 만큼 여린 멘탈도 아니었다.

그렇게 기다리기를 20분쯤 지났을 때다.

마침내 오늘의 주인공들이 하나둘 카페 안으로 들어섰다.

그 순간 모두가 기대에 차서 눈을 반짝인 것은 말할 것도 없었다.

그건 혁준도 마찬가지였다.

'이미연, 이상아, 하희라 급이라 했지?'

지금 혁준은 미스코리아를 뽑는 심사위원의 눈빛을 하고 있었다.

그러나 여자아이들이 하나씩 등장할 때마다 혁준의 기대에 찬 눈에는 실망이 쌓여갔다.

아니, 실망이 아니라 경악이었다.

'뭐야, 이게?'

대체 어디가 이미연이고 이상아며 하희라란 말인가?

게다가 옷 입은 꼬락서니는 저게 또 뭐란 말인가?

어디 여행 갈 때나 쓰는 챙이 넓은 패도라에 하늘거리는 물방울 원피스, 레이스 달린 새하얀 공주 드레스 위로 흰색 카디건, 하얀 블라우스에 폭이 넓고 긴 붉은 계통의 물방울 치마 등등…….

남자아이들이 서태지와 아이들 코스프레라면 여자아이들은 청순스타의 대명사인 강수지 코스프레였다.

이건 마치 8090 행사장에라도 와 있는 듯한 기분이다.

아니, 청순 콘셉트까지는 그러려니 할 수 있다. 아저씨 마인드로 보자면 화장이 아니라 분장을 한 그 흉한 얼굴도 나름 귀엽게 볼 수 있다.

하지만,

'이 누님들의 다크한 포스는 대체 어쩌잔 거냐고!'

차려입기는 청순가련의 결정체인 강수지처럼 입었는데 왜 하나같이 면도칼 좀 씹어봤을 것 같은 어둠의 포스가 물씬 풍기느냐 말이다.

대체 이게 어떻게 된 상황이냐는 눈으로 주선자인 민수를 보았다. 혁준뿐만이 아니라 다른 녀석들도 지금 혁준의 심정과 크게 다르지 않은지 민수를 향해 원망을 넘어 살기를 마구 뿌려대고 있었다.

그러나 이 뻔뻔한 사기꾼은 모두의 시선을 철저히 외면한 채 같이 이 자리를 마련한 주선녀와 시시덕거리느라 정신이 없었다.

그러고 보니 이 중에서 그나마 가장 상태가 양호한 것이 주선녀였다.

당연히 민수를 향하는 살기는 더욱더 맹렬해졌다.

혁준은 도무지 이해가 안 되어서 여자애들한테 물었다.

"저기… 혹시 경화예고 아니세요?"

아니, 좀 더 솔직하게 말하자면 '혹시 고등학생은 맞으세요?'라고 묻고 싶었다.

20년 후에도 대한민국 최고의 꽃밭으로 확고히 자리매김하고 있는 경화예고였다.

길거리 캐스팅당하는 것이 그 안에선 자랑거리조차 되지 못하는 여신 양성소의 수준이 절대로 이 지경일 리가 없었다.

아니나 다를까,

"경화예고?"

여자애 중 하나가 피식 콧방귀를 뀌었다.

"우리 집 옆에 경화슈퍼는 있지. 킥킥."

"내 동생 이름이 경환데. 정경화. 킥킥킥."

"나 예전에 경화예고에 지원은 했는데 그 전날에 술 완전 떡이 되도록 빠는 바람에 면접에 못 가서 떨어졌지. 나 완전 재수 없지 않냐? 킥킥킥킥."

"미친년 지랄하네. 상고 갈 성적도 안 돼서 어차피 떨어지는 거면 좋은 데 쳐서 떨어지는 게 덜 창피하다고 경화예고에 지원한 주제에 재수가 없긴, 개뿔."

"그거야 모르지. 나한테 숨겨진 엄청난 예술적 재능을 면접관들이 발견하고는 합격시켜 줬을지 어떻게 알아?"

"미친년. 숨겨진 엄청난 예술적 재능이 아니고 엄청난 빠순이적 재능이겠지. 너 이번에 승훈이 오빠한테 혈서까지 보냈다면서? 면도칼까지 넣어서? '승훈이 오빠, 오빠의 살아 있는 턱 선을 이 면도칼로 평생 면도해 주고 싶어요' 라고."

"미친년. 킥킥킥킥."

"정신 나긴 년. 킥킥킥킥."

"쌍 또라이 년. 킥킥킥킥."

강수지 코스프레와는 전혀 어울리지 않는 어둠의 은어들

이 마구 쏟아져 나온다.

"……."

"……."

"……."

그걸 앞에서 듣고 있는 남자아이들은 그야말로 멘붕 상태였다.

이로써 민수의 사기질이 명명백백하게 밝혀졌다.

그런데도 이 눈치 없는 인간은 여전히 눈 감고 귀 닫은 채로 여자 주선자와의 알콩달콩 연애질에 정신이 팔려 있었다.

아니, 모른 척하고 있었다.

그 따가운 시선을 일부러 피하고 있는 것이 분명했다.

화르르—!

눈빛만으로 사람을 죽일 수 있다면 민수는 벌써 한 줌 재로 변했을 것이다. 아니, 그들의 마음속에선 이미 수십 번도 더 이 뻔뻔한 사기꾼을 도륙 냈다.

그것으로도 성이 안 차서 월요일 등교하는 대로 녀석을 잔인하고 처절하게 응징할 계획까지 세웠다.

그때, 미팅녀 중 하나가 분노에 떨고 있는 남자아이들에게 가뭄의 단비 같은 한마디를 던지지 않았더라면 어쩌면 월요일까지 갈 것도 없이 지금 이 자리에서 칼부림이 났을지도 몰랐다.

"그러고 보니 가은이가 경화예고 다니지 않았어?"

"그런가?"

"뭐, 그년이야 공부도 잘하고 얼굴도 예쁘고 피아노도 잘 치고 못하는 게 없으니까. 근데 그년은 왜 이렇게 늦어?"

여자아이들이 아직 비어 있는 남은 한 자리를 보며 그렇게 말했다.

그래도 민수의 말이 완전히 거짓말은 아니었던 모양이다.

경화예고생이 하나쯤은 있었던 모양이다. 아니, 이 무서운 누님들을 보자면 그 일행이 과연 예고생인지 아니면 예고 졸업생인지 그마저도 확실치 않았지만 말이다.

어쨌든 그때부터 남자아이들은 더 이상 친구가 아니었다.

약육강식의 법칙이 생생히 존재하는 밀림의 한복판에서 단 하나의 먹잇감을 두고 치열하게 경쟁하는 경쟁자였다.

천국과 지옥!

살아남는 건 단 한 명뿐.

우정도 의리도 없는 오직 생존만을 위한 배틀로열 매치!

그 절박함으로 인해 이번 미팅에 임하는 각오부터가 완전히 달라졌다.

물론 그런 외중에도 혁준민은 크게 기대를 하지 않았나.

'어차피 거기서 거기겠지.'

유유상종이라 했다. 경화예고라는 타이틀 하나만으로는

이 주위에 만연해 있는 다크 포스 속에서 한 줄기 빛을 기대하기에는 무리였다.

'눈요기나 하면서 스트레스 좀 풀려고 왔더니 이건 뭐 스트레스만 더 쌓이게 생겼네.'

뒤늦게 괜히 왔다고 후회가 되었다.

그러나 마침내 마지막 다섯 번째 미팅녀가 등장하고, 그 순간 혁준은 괜히 왔다는 후회를 단번에 날려 버렸다.

'호오!'

예뻤다.

*   *   *

예뻤다.

미팅녀 중에서 단연 돋보이는 미모였다. 아니, 굳이 어둠의 자식들 사이에 두지 않더라도 이미 상당한 레벨이었다.

무엇보다 혁준의 마음을 흐뭇하게 하는 것은 다른 여자아이들과는 달리 지극히 정상적으로 보인다는 것이다.

어둠의 자식 특유의 다크한 포스도 없고 강수지 코스프레도 아니었다.

조금 헐렁해 보이는 파란색 줄무늬 티셔츠에 무릎까지 오는 보라색 반바지, 화장은 한 듯 안 한 듯 조금은 시크해 보이면서도 여성스럽고, 활발해 보이면서도 또 어딘지 성숙해 보인다.

그 다양한 매력에 혁준마저도 마음이 상쾌할 정도였으니 다른 녀석들이야 오죽할까.

다섯 번째 미팅녀가 도착하고 곧바로 이어진 자기소개에서부터 피가 튄다.

"난 나상욱. 이래 봬도 내가 전직 대통령보다도 한 끗발 위야. 나는 대통령한테 하대를 하는데 대통령은 나한테 존대를 하거든. 어제도 전두환 대통령을 만났는데 내가 '나 상욱이요' 하니까 전두환 대통령이 나더러 '전 두환입니다' 하더라고."

튀려는 놈.

"야, 어디서 한물간 이름 개그야? 이 분위기 대체 어쩔 거야? 얘들아, 미안. 내가 상욱이를 대신해서 사과할게. 그 대신 사과의 의미로 바나나. 사양 말고 먹어. 근데 바나나 먹으면 나한테 바나나?"

튀려는 놈을 견제하며 자기가 튀려는 놈.

"유치해서 못 들어주겠네. 적당히 해라, 이것들아. 숙녀 분들께서 괴로워하시잖아. 아침마다 문 두드리는 여자는? 똑똑한 여자. 오리가 얼면? 언덕. 개가 사람을 가르치면? 개인지도. 뭐 이런 거 이제 졸업할 때도 되지 않았냐?"

튀지 않으려는 척하면서 고상하게 튀려는 놈.

전쟁이 시작된 것이다. 그리고 그 전쟁의 중심에는 다섯 번째 미팅녀가 있었다.

하지만 그런 전쟁 속에서도 혁준만은 홀로 한가로웠다.

이미 패션에서부터 예선 탈락이라는 건지, 결선 무대에 오를 자격조차도 되지 않는다는 건지 견제조차도 들어오지 않았다.

어차피 그야 어디까지나 기분 전환이 목적이었을 뿐 다른 욕심이 있는 것은 아니었기에 경쟁에서 뒤처졌다고 해서 화가 나거나 아쉽거나 하지는 않았다.

오히려 덕분에 혁준은 자기소개가 끝나고 오버하며 유치하고 시답잖은 농담 따먹기가 오가는 중에도 별다른 방해 없이 눈요기에만 충실할 수 있었다.

정가은이라고 했다.

예쁜 건 물론이고 자세히 보니 어딘지 이미연을 좀 닮았다. 그런데 도무지 여고생으로 보이지가 않았다. 성숙해 보이는 것도 그렇지만 무엇보다 어딘지 범접하기 어려운 묘한 아우라가 느껴졌다.

주위의 다크 포스와는 질적으로 다른 어떤 여왕의 위엄과도 같은……

혁준이 그렇게 정가은을 품평하고 있을 때였다.

어딘지 지루한 듯한 표정이던 정가은의 시선이 때마침 혁준에게로 옮겨졌다.

눈과 눈이 허공중에 닿았다.

그런데 어쩐 일인지 혁준에게로 옮겨진 시선이 좀처럼 떨어지지 않았다.

"……."

오히려 혁준이 괜히 무안할 정도로 지긋한 시선이었다.

하지만 도무지 무슨 생각을 하고 있는지, 그 시선이 무슨 의미인지를 알 수가 없었다.

그때 민수가 박수를 두 번 쳐 주위를 환기시키며 말했다.

"자자, 이젠 서로 얼굴은 익혔으니까 본격적으로 짝짓기에 들어가죠. 폭탄 제거반 없고, 자폭조 없고, 그냥 심플하게! 앉은 순서대로 싸가지 없이 과감하게! 삿대질 OK?"

확실히 심플하긴 했다.

구질구질하게 소지품 꺼내서 마음에 드는 물건 고르고 뭐 그런 걸 할 줄 알았더니 깔끔해서 좋다.

하지만 혁준에겐 삿대질의 기회가 없었다.

남자 중 가장 늦게 온 관계로 가장 끝에 앉아 있었다.

그래서 선택도 가장 마지막이었는데, 그에 앞서 우선 삿대질권을 가진 두 녀석이 당연하게도 정가은을 선택했다. 그건 세 번째도 마찬가지였다.

그 바람에 면도칼 좀 씹을 것 같은 어둠의 누님들 표정이 장난 아니게 변했다.

이러다가 정작 정가은의 파트너가 되지 못하면, 그래서 이 어둠의 누님들과 짝이 될 수밖에 없는 가여운 신세가 된다면 녀석들은 그야말로 지옥행 급행열차를 타는 거라고 봐야 했다.

'어차피 모 아니면 도야!'

'죽기 아니면 살기지.'

'인생 뭐 별거 있어? 올 오어 낫씽(All or Nothing)!'

목숨을 걸었다.

그렇게 죽음마저 불사한 남자들의 사랑을 한 몸에 독차지한 정가은이었다.

하지만 정작 그녀는 시종일관 무료한 듯 별다른 표정 변화를 보이지 않고 있었다. 그런 중에 드디어 정가은의 삿대질 차례가 되었다. 모두의 절박하면서도 구애 어린 시선들이 정가은에게 몰린 것은 말할 것도 없었다.

카페 안이 마치 세계 타이틀전을 치르는 복싱 경기장 같았다. 팽팽하게 당겨진 긴장감이 숨 막히도록 치열한 정적을 만들어내고 있었다.

그때 정가은이 몸을 일으켰다.

하지만 그녀는 삿대질을 하지 않았다. 대신 일어선 그대로 성큼 혁준에게로 다가갔다.

"……?"

모두의 의아해하는 눈이 정가은에게 고정되었다.

간혹 설마 하는 시선이 혁준에게 닿기도 했다.

그렇게 의아해하는 모두의 앞에서 혁준에게로 다가간 정가은이 대뜸 혁준의 손목을 잡아 일으켰다.

"나가자."

"어?"

여전히 어리둥절해 있는 혁준에게 정가은이 한마디 덧붙였다.

"어차피 너도 나 선택할 거잖아. 나도 너 선택할 거고. 그럼 더 시간 끌 거 없잖아?"

그러고는 잡아챈 손에 힘을 가해 혁준을 끌고 나간다.

그 바람에 엉겁결에 따라나서는 혁준이다.

슬쩍 뒤를 보니 거기에는 친구 녀석들이 뿜어내는 현실 불신과 질투, 굴욕과 분노가 한데 뒤엉켜서 폭풍처럼 휘몰아치고 있었다.

그 모습을 보자니 장난기가 동했다.

그래서 한마디 던져 줬다.

"그럼 다들 저기 저 아름다운 숙녀분들과 즐거운 시간 보내. 좋은 인연 만들고. 이 형님은 공사가 다망한 관계로 이만."

가볍게 손을 흔들어준 후 마지막으로 씨익 살인 미소까지 한 방 날려줬다.

녀석들의 분노가, 질투가, 굴욕감이 한층 더 맹렬해졌다. 조금 전 민수에게로 향하던 그것보다 훨씬 더 사납고 살벌했다.

하지만 혁준은 승자의 여유로 그 모든 걸 담담히 받아넘기며 자신의 손목을 잡고 있는 가은이의 손을 끌어 올려 보란 듯이 팔짱을 끼게 했다.

순간,

분노 폭발!

살기 폭발!

열등감 폭발!

그야말로 아비규환이다.

물론 그래 봐야 어둠의 누님들과 치러야 할 암울한 미래에 비하면 지금의 아비규환은 그저 시작에 불과할 테지만 말이다.

혁준은 그렇게 포탄이 빗발치는 전장을 뒤로하고 개선장군처럼 당당히 카페 마고를 나섰다.

카페를 나오니 벌써 날이 어둑어둑해져 있었다.

"밥이나 먹으러 갈까?"

혁준의 제안에 간단히 고개를 저은 가은이,

"그냥 술이나 마시러 가."

혁준의 손을 잡고 그를 가까운 호프집으로 이끌었다.

호프집 종업원의 눈에도 가은이 미성년자로는 보이지 않아서인지, 아니면 혁준의 차림이 조금 노숙해 보인 때문인지, 그도 아니면 원래부터 단속이 허술한 곳인지 다행히 민증 검사는 없었다.

가은이 이끄는 대로 계단을 올라 2층 테이블에 자리를 잡은 그들은 간단히 소야(소시지 야채볶음)와 500cc 생맥 두 잔을 시켰다.

그러고 나서 궁금했던 것을 물었다.

"근데 왜 나야?"

혁준의 질문에 가은이 간단히 대답했다.

"다른 애들은 유치해서."

"그럼 나는 안 유치하고?"

"뭐, 다른 애들에 비하면……. 게다가 난 서태지 안 좋아하니까."

그렇게 말하고는 아래층 홀로 무심히 시선을 던진다.

온온히 감도는 어두운 조명 아래 아래층 홀을 내려다보는 가은의 속눈썹이 무척이나 길었다. 유려하게 흘러내린 턱선은 가슴 떨리도록 고혹적이고 가녀리지만 길게 뻗은 목선과 곧고 뚜렷한 쇄골 라인은 숨이 막혀올 정도로 도발적이다.

단지 성숙해 보이는 것이 아니었다. 완전히 성숙한 여인만이 낼 수 있는 그 특유의 향기와 자태가 있었다.

그런데 그렇게 가은을 살피다 보니 가은의 표정에서 뭔가이유 모를 망설임의 빛이 보였다.

그러고 보니 자신을 선택할 때부터인 것 같다. 분명히 그때부터 어떤 망설임이 있었다.

'무슨 일이지?'

혁준이 그렇게 의아해하는 사이 주문한 맥주와 소야가 나왔다.

1992년으로 돌아와서 좋은 것 중 하나가 이것이다.

가격도 가격이지만 세숫대야처럼 느껴지는 커다란 접시하며 그 안에 담겨 있는 소시지의 그 양이 정말 엄청났다. 호프집에 갈 때마다 안주 두세 개는 기본적으로 시켜야 그나마안주발을 세울 수가 있었는데 이건 소야 하나만으로도 배를채우고도 남을 것 같았다. 심지어는 500cc 맥주잔조차 확연히 차이가 날 정도로 컸다.

'그래, 호프집에 갈 때마다 이상하게 뭔가 사기를 당하는기분이더라니까.'

모처럼 맥주를 맥주답게, 안주를 안주답게 먹을 수 있게 되었다는 생각에 마음이 다 넉넉해져 왔다.

하지만 혁준은 1992년의 그 풍요로운 낭만을 제대로 즐길수가 없었다.

맥주 두 모금, 소야 두 점을 막 입에 넣은 직후였다.

"그만 나가자."

가은이 맥주 500cc를 단번에 원샷해 버리고는 자리에서 일어선 것이다. 뭔가 결심이 선 듯한 가은의 얼굴에선 어쩐 일인지 조금 전의 망설임은 말끔히 사라지고 없었다.

"어디 가게?"

혁준이 남은 맥주와 소야에 대한 미련으로 머뭇거리고 있자 카페 마고에서와 마찬가지로 그런 혁준의 손목을 잡아 끌고 호프집을 나서는 가은이다.

"어딜 가려는 건데?"

혁준이 다시 한 번 물었지만 가은은 한마디 대꾸도 하지 않았다. 그저 그렇게 묵묵히 어딘가로 향할 뿐이었다.

*　　　*　　　*

쏴아아아아아—

혁준은 욕실에서 들리는 가은이의 샤워하는 소리를 들으며 대체 이게 무슨 상황인지 어리둥절하기만 했다.

호프집을 나오자마자 가은이 아무런 말도 없이 그를 어딘가로 이끌었고, 그렇게 끌려가다 보니 필그린이라는 모텔이다.

여관비를 지불하고, 열쇠를 받고, 계단을 올라 방에 들어온 일련의 과정들이 워낙에 거침이 없었다. 그 바람에 엉겁결에 따라 들어와 버렸다. 아니, 거부하려고 했으면 얼마든지 거부할 수 있었다. 하지만 내면에서 울부짖는 본능에, 그 기대와 설렘에 도저히 가은의 손을 뿌리칠 수가 없었다. 그래서 결국 여기까지 따라 들어와 버린 것인데, 막상 이렇게 혼자가 되고 보니 도저히 이건 아니다 싶었다.

'그래, 이건 아냐.'

아무리 가은이 성숙해 보인다고 해도, 그래서 어쩌면 미성년자가 아닐 수도 있다고 해도, 그래서 양심에 조금은 가책을 덜 느낄 수 있다고 해도 이건 아니었다.

'삼촌에 조카뻘이잖아?'

사회적 규범 속에서 나름 반듯하게 살아온 어른이 조카 같은 아이와 모텔이라니?

'난 그렇게 추잡한 아저씨는 아니었다고!'

더구나 부킹에서 눈이 맞아 그날 바로 뜨거운 밤을 보내더라도 일단 마음부터 통해야 하는 법이다. 심지어 룸에서 아가씨를 불러 2차를 가도 다 절차라는 게 있는 법이다.

그런데 미팅에서 파트너가 된 지 이제 겨우 두 시간도 채 되지 않았다.

이건 빨라도 너무 빨랐다.

이 여자애가 어떤 마음으로 이런 대담한 짓을 벌이는지는 모르지만 적어도 혁준은 그녀와 밤을 같이 보낼 만큼 그녀에게 마음이 열리지 않은 상태이다.

하지만 문제는 마음이 아니라 무방비로 뜨거워져 있는 몸이었다.

괜스레 갈증이 났다.

심장 박동이 빨라지고 혈압도 오른다.

아저씨의 양심이 무색하게 욕실에서 들리는 샤워 소리에도 아랫도리가 불끈거려 왔다.

기분 좋은 떨림.

기분 좋은 긴장감.

기분 좋은 어떤 기대감.

흔히 정신이 육체를 지배한다고들 하지만 딱 하나 예외인 경우가 있다.

남자가 여자와 단둘이 있을 때.

닫힌 문, 야릇한 불빛, 그 은밀한 공간 속에서 은은히 들려오는 아름다운 여인의 샤워하는 소리에 한창 혈기왕성한 십대의 몸은, 그 아우성치는 육체는 너무도 간단히 정신을 지배해 버렸다.

'그래, 뭐, 난 지금 열여덟이니까. 어쩌면 기억만 사십 대지 자아는 그냥 십 대일지도 모르고. 그럼 이건 뭐 범죄도 아니잖아? 양심이니 양식이니 그게 다 무슨 상관이냐는 거지. 피 끓는 청춘 남녀가 좀 일찍 사고 치는 것뿐인데.'

몸도 자아도 십 대라면 그럼 십 대에 맞게 한번 본능에 충실해 보는 것도 괜찮지 않을까?

*　　　*　　　*

가은은 타월 한 장으로 아슬아슬하게 몸을 가린 채 샤워실 욕조에 엉덩이를 걸치고 앉아 있었다.

쏴아아아아ー

샤워기에서는 하염없이 물줄기가 쏟아져 내리고 있다.

촉촉이 젖은 머리카락에선 똑똑 물방울이 맺혀 떨어졌다.

샤워를 끝낸 지 한참이 지났다.

그런데도 가은은 샤워기를 끌 생각도, 젖은 머릿결을 말릴 생각도 하지 않고 있었다.

망설임일까?

"하아……."

한숨이 짙다.

혁준의 손을 잡고 거침없이 모텔 문을 들어설 때와는 사뭇
다른 모습.

한숨으로 떨어진 그녀의 눈이 자신의 손을 본다.

그 손에는 메모지 한 장이 들려 있다.

—신화호텔 1505호 11시

메모지에는 그렇게 적혀 있었다.

그녀가 연습생으로 있는 기획사 실장이 적어준 메모다.

'저기, 강진그룹 최 이사 알지? 이 바닥에서 워낙에 유명
한 사람이니 너도 이름 정도는 들어봤을 거야. 스타 하나 만
드는 건 정말 일도 아닌 사람이지. 그런데 어제 행사에 말이
야, 우연히 그 최 이사가 거기 있었던 모양이야. 가은이 네
가 꽤 마음에 들었는지 널 돕고 싶다며 회사에 연락을 해왔
어. 아, 물론 네가 싫다면 거절해도 돼. 절대로 강요하는 건
아냐. 워낙에 좋은 기회라서 그냥 전해만 주는 거지. 우리
회사가 그런 곳 아닌 건 너도 잘 알잖아? 다만 너… 빨리 성
공하고 싶다며? 연습생 오디션 때도 그랬잖아. 스타가 되고
싶다고. 스타만 되게 해달라고. 스타만 될 수 있으면 무슨
일이든 다 할 수 있다고. 그럼 이건 너한텐 다시없는 기회일
거 같은데?'

실장의 말대로다.

최 이사가 내민 손은 그녀에겐 두 번 다시 찾아오기 힘든 기회였다.

배우 지망생에겐 당대 최고의 감독과 당대 최고의 배우를 붙여주고, 가수 지망생에겐 당대 최고의 작곡가와 당대 최고의 프로듀서를 붙여준다.

최 이사의 눈에만 들면 스타가 되는 것은 식은 죽 먹기다.

그녀는 정말 스타가 되고 싶었다.

아니, 보다 정확히 말하면 스타가 되어 돈을 벌고 싶었다. 그리해 지긋지긋한 가난으로부터 벗어나고 싶었다.

중학교 3학년 때까진 집안이 꽤 살았다.

하지만 사업을 하시던 아버지의 회사 부도와 맞물려 그때부터 가세가 급격히 기울었다. 아니, 기운 정도가 아니라 폭삭 망했다. 집도 절도 없이 거리로 나앉게 된 것은 물론이고 빚쟁이들까지 몰려들어 그들을 피해 도망 다니느라 중학교 졸업식은커녕 고등학교 입학도 제대로 못 했다.

그렇게 2년을 가난에 찌들어 부평초처럼 떠돌았다.

다행히 그들의 처지를 딱하게 여긴 지인 덕에 떠돌이 신세도 면하고 단칸방에 작은 구멍가게도 하나 열 수 있었지만 이미 그들 일가는 너무나 지쳐 있었다.

크고 작은 빚쟁이들은 여전히 집 주위를 어슬렁거렸고, 서로를 향한 가시 돋친 악다구니로 힘든 하루를 위로하는 것이 이제는 일상이 되어버렸다.

벗어나고 싶었다.

다시 예전처럼 화목한 가정으로 돌아가고 싶은 것이 아니다. 그저 자신을 둘러싼 모든 것으로부터 자유로워지고 싶을 뿐이었다.

그걸 위해서라면 스폰서라도 상관없다.

아니, 내심 이런 기회를 기다렸는지도 모른다.

그래서 실장이 메모지를 내밀었을 때 조금도 망설이지 않았다.

하지만 막상 그렇게 메모지를 받아 들고 나오는데 너무나 서러웠다.

메모지를 받아버린 자신이 너무 혐오스러웠다.

이런 길을 택할 수밖에 없는 자신의 처지가 너무나 억울했다.

그래서 울었다.

그대로 주저앉아 펑펑 울었다.

미팅은, 그리고 지금 이 순간은 그런 가엾은 자신에게 주는 선물이자 위로였고 또한 속죄였다.

적어도 자신의 순결만큼은 돈에 팔고 싶지 않았다.

비록 사랑하는 사람과의 행복하고 낭만적인 첫날밤은 아

닐지라도 훗날 나이가 들어 지금을 떠올렸을 때 첫 경험의 기억을 역겨운 거래로 남기고 싶지 않았다.

조금은 풋풋하고 조금은 서툴고 조금은 순수한 기억으로 남기고 싶었다.

그랬는데…….

그래서 여기까지 왔는데, 왜 이렇게 망설여지는 것일까?

어차피 내일이면 시궁창에 던져질 몸인데 뭐가 아까워서? 뭐가 무섭다고?

왜 자꾸 눈물이 나오려는 것일까?

가은은 입술을 잘끈 깨물어 나오려는 눈물을 참았다.

"후우……."

길게 숨을 토해 마음도 다잡았다.

그리고,

딸칵

욕실 문을 열었다.

그런데,

"……."

없다.

당연히 거기에 있어야 할 헐벗은 소년은 온데간데없고 소년이 있어야 할 자리에는 대신 메모 한 장만이 덩그러니 남아 있었다.

—미안. 나 먼저 가. 이건 좀 아닌 것 같아서. 뭔가 고민이 많은 것 같은데, 한창 고민이 많을 나이니까. 그래도 네 몸을 소중히 하렴. 네가 널 소중히 하지 않는데 누가 널 소중히 하겠니? 모두한테 사랑받을 만큼 예쁜 애가 아무한테도 사랑받지 못하는 건 너무 슬픈 일이잖니?

뭘까, 이 고리타분하고 쉰내 나는 말은?

그 고리타분하고 쉰내 나는 말에 피식 어이없는 실소가 터져 나왔다.

'나보다 나이도 어린 게 어른 같은 소리나 하고…….'

하지만 그 가는 웃음 뒤로 안도감이 밀려들고 그 안도감은 이내 묘한 울림이 되었다.

"흑!"

자신도 모르게 다시 울음이 터져 나왔다.

이유는 모른다.

어제처럼 서러운 것도 아닌데.

"흑흑……."

아까처럼 무서운 것도 아닌데.

"흑흑……."

한 번 터진 울음은 이내 봇물이 되고,

"으아앙!"

털썩 주저앉아 이젠 아예 어린아이처럼 꺼이꺼이 울어댔
다.

상처 입지 않기 위해, 상처를 감추기 위해 세상을 향해 세
운 가시가 혁준의 고리타분하고 쉰내 나는 말에 그렇게 벗겨
지고, 그리해 드러난 소녀의 본모습은 그처럼 너무도 여리고
약한 것이었다.

한참을 울었다.

눈물이 다 마를 때까지 울고 또 울었다.

그리고 눈물이 다 말랐을 때,

전화기를 들었다.

"실장님, 저 그거… 안 할래요."

그런 그녀의 한 손에는 호텔 객실 번호가 적힌 메모지가 형
체를 알아보기 어려울 정도로 꼬깃꼬깃 꾸겨져 있고, 다른 한
손에는 혁준이 남긴 메모지가 고이 접혀 반듯하게 들려 있었
다.

*   *   *

"나 좀 등신인가? 쩝."

터덜터덜 모텔을 나서는 길, 혁준은 모텔치고는 꽤나 높이

솟아 있는 건물을 돌아보며 입맛을 다셨다.

어떻게 된 게 벌써부터 후회가 밀려든다.

지금이라도 그냥 돌아가서 눈 딱 감고 '잘 가라, 내 두 번째 동정이여!' 하며 외칠까 싶기도 했다.

하지만 스스로 생각하기에도 꽤 멋지게 뿌리친 유혹이다.

그런 스스로가 대견하기도 했다.

"그래, 잘했어. 잘한 거야. 아무리 그래도 미성년자는 진짜 아니잖아? 이왕 다시 사는 인생인데 다른 건 몰라도 나 스스로한테는 쪽팔리진 말아야지."

그렇게 정가은에 대한 미련을 훌훌 털어냈다.

아예 그녀에 대한 생각도, 오늘의 기억도 싹 지워 버리려 했다.

그런데 그게 그렇게 간단치가 않았다.

"오빠, 어제 경화예고 퀸이랑 잤다며?"

다음 날 아침이다.

아직 잠도 채 다 깨기 전, 수진이가 혁준의 방문을 벌컥 열고는 잔뜩 상기된 얼굴로 그렇게 물어왔다.

아직 잠이 덜 깬 혁준은 그저 어리둥절할 뿐이다.

"그게… 무슨 말이야?"

"어제 경화예고 퀸이랑 모텔 가는 거 누가 봤다던데? 진짜야?"

"경화예고 퀸? 그게 누군데?"

"정가은 말이야, 정가은! 어제 정가은이랑 미팅했다며? 그러고 나서 뭐했어? 정말 그 언니랑 잤어?"

혁준은 그제야 수진이의 말을 온전히 이해했다.

이해하고 나니 당황스럽다.

"무슨… 안 잤거든?"

"그럼 모텔에 갔다는 건 뭐야? 안 갔어?"

"아니, 가긴 갔지만… 그래도 자진 않았거든? 어제 내가 몇 시에 들어왔는지는 니가 더 잘 알잖아."

"그럼 잠은 같이 안 자고 하기만 한 거야?"

"그러니까 내가 몇 시에 들어왔는지를 생각 좀 하라니까. 번갯불에 콩 볶아 먹는 것도 아니고, 그게 그렇게 후다닥 되는 일이냐고."

"그거야 뭐 오빠는 처음일 테니까. 원래 남자들 처음엔 다 그렇게 빨리 끝낸다고……."

그렇게 중얼거리는 수진이의 시선이 은근슬쩍 혁준의 아랫도리를 향했다.

당황한 혁준이 버럭 소리를 질렀다.

"야, 어딜 봐! 그리고 계집애가 지금 무슨 소릴 하는 거야! 안 했다고! 안 했다니까! 그런 일 절대로 없었으니까 이상한

생각 하지 마!'

"그럼 모텔엔 왜 간 건데?"

"알 거 없잖아? 꼬맹이가 어른들 일을 뭘 자꾸 알려고 들어?"

"칫! 어른 좋아하시네. 그래 봤자 나보다 꼴랑 2년 먼저 태어난 것뿐이면서."

먼저 태어난 건 2년이지만 산 건 그보다 20년도 더 된단다, 아가야.

"아무튼 조심해. 다들 오빠가 경화예고 퀸이랑 잔 걸로 알고 있으니까. 내 귀에까지 들어올 정도면 이미 서울 바닥엔 소문 다 났다고 봐야 해. 이제 오빠는 경화예고 퀸을 여신으로 받들어 모시던 모든 남고생들의 공공의 적이 된 거라고. 어디서 갑자기 뒤통수에 칼침 날아올지 모른단 말이야."

"계집애가 뒤통수에 칼침이 뭐냐? 학생회장이나 되는 애가."

"걱정하지 않으셔도 다른 사람들 앞에서는 바른 말, 고운 말만 쓰거든요?"

"하긴 천하의 내숭녀께서 어련하실까."

혁준은 수진이의 말을 대수롭지 않게 여겼다.

하지만 다음 날 등굣길부터 사태의 심각성을 실감해야

했다.

어떻게 된 게 사방팔방 모든 시선이 자신을 향해 있다.

여기서 수군수군, 저기서 수군수군.

"쟤, 권혁준이지? 경화예고 퀸이랑 잤다는."

"맞아. 근데 좀 별루잖냐? 생긴 것도 그렇고 키도 별로고."

"집이 부잔가?"

"테크닉이 죽이는 거 아냐?"

"아님 그게 완전 크든가. 큭큭큭큭."

아주 제멋대로들 찧고 까분다.

차라리 안 들리면 상관없는데 이럴 때 청각은 왜 이렇게 좋아서는 듣고 싶지 않은 말까지 한마디도 거르지 않고 죄다 다 들리는 건지.

무시했다.

어차피 부러움과 선망에서 오는 열등감이란 것을 알고 있다.

꼬맹이들 열등감에까지 일일이 신경 써줄 만큼 어리지 않았다.

그때 누군가 혁준의 어깨를 툭 쳤다.

"야, 권혁준. 너 진짜 걔랑 잤냐?"

다짜고짜 그렇게 묻는 녀석은 다름 아닌 민수였다.

"하아……."

민수를 보니 절로 한숨부터 나왔다.

따지고 보면 이 모든 일의 원흉이건만, 자신의 영웅적인 하룻밤에 부러움과 호기심을 드러내고 곧이어 나올 음담패설을 기대하며 눈을 반짝이는 이 사춘기 소년이 그저 한심할 뿐이다.

민수도 무시했다.

그러나 민수 하나 무시한다고 될 일이 아니었다.

"혁준아, 너 경화예고 퀸이랑 잤다며?"

"혁준아, 했어? 진짜 했어?"

"근데 걔는 왜 너야? 그 도도하기로 소문난 애를 어떻게 꼬신 거야?"

"맞아! 사부! 비법 좀 알려주라!"

3반 급우들이 죄다 혁준의 주위로 몰려들어 온갖 질문을 다 쏟아냈다.

무시해도 소용없었다.

사춘기 소년들의 성에 대한 호기심이란 것은 참으로 저속하고 유치해서 무시할수록 더 집요해져 갔다.

심지어 창수마저 한 수 거든다.

"난 다 이해해. 진정한 영웅에겐 미녀들이 따르게 마련이니까. 그래도 조심해. 무분별한 종족 번식은 지구를 큰 위험에 빠뜨릴 수 있으니까."

'이건 또 뭐라는 거야?

이젠 정말 골치가 다 지끈거릴 지경이다.

'에휴……'

뒤통수에 칼침 꽂히는 게 문제가 아니라 이러다가는 정말 뒷골 당겨 돌아가시겠다.

제6장

그래서 우리는
경마장에 간다

그로부터 일주일. 다행히 뒷골 당겨 돌아가시지는 않았다.

이런 식의 소문이란 것은 빨리 뜨거워진 만큼 또 금방 식어 버리는 것이라 며칠 시끌벅적하더니 이내 금방 잦아들었다.

물론 지금도 어딜 가나 뭇 학우들의 선망의 시선은 따라붙는다.

일약 풍천고 최고의 유명인사가 된 것만은 분명한 사실이었다.

하지만 이젠 혁준도 그러한 시선에는 익숙해져서 별반 신경을 쓰지 않게 되었다.

그렇게 일상으로 돌아온 어느 날이었다.

그날따라 수진이가 아침부터 유난히 분주했다.

"왜 그래? 오늘 무슨 일 있어?"

수진이가 핀잔을 준다.

"하여튼 이렇게 동생 일에 관심이 없어요. 나 오늘 광주 가 잖아."

"광주? 아, 과학고 견학?"

"너무한 거 아냐? 하나뿐인 여동생의 운명이 걸린 일인데 이렇게 무관심해도 돼?"

"입학시험 보러 가는 것도 아니고 고작 견학 가는 건데 뭘 그렇게 유난을 떨어?"

"광주 과학고는 내 평생의 꿈이라고! 내가 지금 얼마나 설 레는지 오빠가 알기나 해?"

"평생은 개뿔. 작년에 신축 건물 자료 보고 꽂힌 거잖아."

"어쨌든 나한텐 지금 유일한 꿈이고 목표라고! 아 정말 이 렇게 견학까지 가는데 나중에 떨어지면 어쩌지?"

수진이의 눈빛이 흔들린다.

뭐든지 잘하는 여장부도 진학에 관해서만큼은 어쩔 수 없 이 불안한가 보다.

"뭘 또 그렇게 연약한 척이야? 너 성적이면 더 좋은 데도 충분히 붙고도 남을 텐데."

"그래도 세상일이란 건 모르는 거니까."

"걱정 마. 너 붙어. 그것도 차석으로."

수진이 입술을 삐죽 내민다.

"오빠가 그걸 어떻게 알아? 점쟁이야?"

"점쟁이는 아니지만 미래는 볼 수 있지. 막냇삼촌이 그래서 내 말이면 끔뻑 죽는 거잖아."

"웃기시네."

"진짜라니까."

"좋아, 그럼 어디 내 미래 한번 맞혀봐."

관심 없는 척하면서도 혁준을 보는 눈빛에는 호기심이 가득했다.

그 순진한 모습에 혁준도 흥이 돋아서 짐짓 점쟁이처럼 눈을 감고 중얼거렸다.

"음, 보인다, 보여. 우리 수진이 미래가 보이는구나. 그래, 음, 그렇군. 그래서 그렇게 되는 거군. 오호라! 그런 거였어? 음, 그런 거로군. 이런, 그러면 안 되는데……. 아! 좋구나, 좋아!"

혁준이 오버하며 쇼를 하자 수진이가 입술을 삐죽 내밀었다.

그래도 재미는 있는지 재촉하지는 않았다. 오히려 간간이 킥킥거리며 맞장구까지 쳐 준다.

그렇게 한바탕의 쇼가 끝난 후 혁준이 말했다.

"역시 과학고는 합격이야. 차석 합격! 그리고 2년 만에 월반을 해서 카이스트에 들어가. 카이스트에서 남자를 하나 만나는데 이 녀석이 또 진국이야. 뭐, 그 부모들이 좀 재수 없긴 하지만, 아무튼 그놈이랑 결혼해서 아들딸 낳고 잘 먹고 잘살아. 이상 끝!"

"피이, 그게 뭐야? 완전 사기꾼 같애. 듣기 좋은 말만 하잖아."

혁준의 말은 이번에도 농담이 아니었지만 농담처럼 말했고, 수진이 또한 이번에도 그 농담 아닌 말을 농담처럼 들었다.

그래도 기분이 썩 나쁘지는 않은지 옅게 깔려 있던 걱정이 한결 가신 얼굴이다.

즐거웠다.

지난 생애에서는 수진이와 왜 그렇게 소원했는지 모르겠다.

잘난 동생과 비교당하는 게 자존심 상했던 것일까?

그 잘나기만 한 동생이 그래서 어렵기라도 했던 것일까?

'이런 유치한 장난에도 잘만 장단 맞춰주는 애인데…….'

떨어지는 낙엽에도 눈물짓는 꿈 많은 여중생인데 말이다.

그 꿈 많은 여중생이 곤란에 처했다는 소식을 들은 건 그날 저녁이었다.

＊　　　＊　　　＊

따르르르릉— 따르르르릉—

"여보세요?"

"아, 혁준아."

"예, 아버지. 무슨 일이세요?"

"니가 서울역으로 수진이 마중 좀 나가야겠다."

"수진이 마중이요?"

"견학이 늦어지는 바람에 기차를 늦게 탔단다. 열두 시 반에나 도착한다는데 그 늦은 시간에 그 녀석 혼자 택시 타게 할 수는 없잖아. 나는 야근이 잡혀서 안 되고, 그러니까 니가 좀 가서 데리고 와야겠다."

"예, 그럴게요."

그렇게 해서 수진이를 데리러 서울역으로 나갔다.

그런데 밤이 늦은 시간, 서울역 광장에서 뜻하지 않게 불쾌한 장면을 목격하게 된 혁준이다.

거지 패였다.

당시만 해도 서울역 광장에서 거지 패를 보는 게 특별한 일도 아니었지만 그들 대여섯 명의 거지 패가 사람들을 패고 있다는 게 문제였다.

그것도 꽤나 사납고 살벌하게 패고 있었다.

"아이고! 잘못했어요! 잘못했다니까요! 너무 배가 고파서 그랬어요! 흑흑!"

"한 번만 봐주세요! 다시는 안 그럴게요! 제발요!"

"아이고! 아이고! 사람 죽어요! 사람 죽어! 흑흑! 사람 살려 요!"

대체 무슨 죽을죄를 지어서 저러는 건지 서울역 광장에 쉴 새 없이 곡소리가 울려 퍼지고 있었다.

자세히 보니 맞고 있는 것은 세 명이었다.

그리고 세 명의 옷차림 또한 딱 거지꼴이었다.

순간, 영역 싸움이라도 하고 있는 건가 생각했다.

거지들 간의 영역 싸움이라면 어차피 그가 관여할 일은 아 니었다. 그래서 못 본 척하고 돌아서려고 했다.

그렇게 걸음을 돌리려는 순간이었다.

마구잡이로 퍼부어지는 폭력에 한껏 몸을 웅크리고 있던 세 명 중 하나가 어디를 잘못 맞았는지 캑캑거리며 바닥을 뒹 구는데, 마침 녀석의 땟물 좔좔 흐르는 얼굴이 혁준의 눈에 들어왔다.

그런데,

'응?'

낯이 익다.

덕지덕지 묻은 더러운 때도 그렇지만 온통 피와 멍으로 만신창이가 된 얼굴이다. 그런데도 그 속에 어렴풋이나마 아는 얼굴이 있었다.

'설마……'

그 즉시 혁준의 눈이 다른 두 명에게로 옮겨졌다.

울며불며 고래고래 비명을 질러대고 있는 다른 두 명 또한 혁준이 익히 아는 얼굴이었다.

'바보 삼형제……'

사고뭉치 과학 오타쿠.

그랬다.

그들은 양자이동장치로 혁준의 시간을 26년 전으로 되돌려 버린 바로 그 원흉들이었다.

"……"

26년을 거슬러서 이뤄진 바보 삼형제와의 재회.

혁준은 마음이 복잡했다.

물론 반갑다.

하지만 반가운 한편으로 처음 과거로 온 그날의 놀람과 공포를 생각하면 지금도 울컥 화가 치밀어 오른다.

그래서 잠시 갈등했다.

'저걸 도와줘, 말아?'

녀석들이 맞고 있는 걸 보는 게 그다지 불쾌하지가 않았다. 아니, 좀 더 솔직히 말하면 가려운 데를 긁어주는 듯 시원한 느낌까지 들었다. 게다가 얼핏 보기엔 살벌해 보였지만 가만 지켜보자니 이건 비명 소리만 요란했지 거지 패들이 가하는 폭력이 그렇게 위험할 정도는 아니었다.

'그건 그렇고, 저 녀석들은 왜 원래 모습 그대로인 거지?'

자신은 과거로 와서 열여덟 살의 몸이 되어버린 것과는 달리 그들은 놀이터에서 마지막으로 보았을 때와 똑같은 얼굴과 똑같은 옷차림을 하고 있었다.

'힘 한번 못 쓰고 줄곧 얻어터지고만 있는 것을 보면 신체 능력이 업그레이드된 것도 아닌 것 같고…….'

의아해 하는 혁준에 뇌리에 문득 스쳐 가는 생각이 하나 있었다.

'아, 그러고 보니 저 녀석들 나이가… 음, 음, 음…….'

솔직히 잘 모르겠다.

별로 관심 없었다.

하지만 얼추 짐작은 할 수 있었다.

대학교 3학년생들이다.

괴상한 발명품들을 만드느라 걸핏하면 학비까지 털어서 써버린 바람에 2, 3년씩은 꿇었다고 했다.

'대강 계산을 때려보면 스물다섯 정도라는 건데…….'

그럼 26년 전인 지금은 저들 바보 삼형제가 태어나기도 전이다.

그러니 과거의 자신과 만날 일도, 합쳐질 일도, 그래서 신체가 업그레이드될 일도 없었을 것이다.

'하긴 그러니까 저렇게 셋이서 나란히 거지꼴인 거겠지만.'

지난 두 달간 어떻게 지냈을지 안 봐도 뻔했다.

과학 외에는 세상물정도, 금전 감각도 없는 녀석들이다. 거기다 가지고 있던 민증까지 통용되지 않았을 테니 밥벌이인들 제대로 했을 리가 없다.

'그러니 여기서 구걸이나 하다가 저런 꼴을 당하고 있는 거겠지.'

정신병원에라도 안 잡혀간 게 그나마 다행이다.

자신은 그래도 과거의 몸으로 돌아와서 의식주 걱정은 안 했다. 그들이 비록 이 모든 사태의 원흉이라고 해도 지난 두 달간 그 대가를 혹독하게 치렀을 거라 생각하니 화도 조금은 가라앉는다. 아니, 괜스레 짠한 마음까지 들었다.

'하긴 엄밀히 따지면 녀석들 잘못만은 아니지. 양자이동장치에 올라탄 건 어디까지나 내 의지였으니까.'

그래서 결국 도와주기로 했다.

하지만 굳이 그가 나설 필요가 없게 되었다.

그가 막 끼어들려는 찰나, 마침 상황이 마무리되었다.

"카악, 퉤! 이 새끼들, 여기서 한 번만 더 내 눈에 띄어봐! 아주 가죽을 벗겨서 기차 난간에다 목을 매달아 버릴 테니까!"

이 정도 혼쭐을 냈으면 되었다 생각한 건지, 아니면 그 난리법석에 하나둘 몰려드는 사람들의 시선이 부담스러웠는지 거지 패들이 매질을 멈추고 미련 없이 발길을 돌린 것이다.

거지 패가 사라지기 전까지는 매질이 멈추고 나서도 죽겠다며 살려달라고 고래고래 비명을 질러대던 바보 삼형제가 거지 패가 사라지고 나자 이젠 서로 얼싸 안고는 보기 민망할 정도로 서럽게 울어댄다.

"흑흑! 우리 계속 여기서 이렇게 살아야 하는 거야? 흑흑!"

"엉엉! 배고파! 배 아파! 엄마 보고 싶어! 엉엉!"

"우리 왜 여기로 온 거야? 여탕이었잖아? 여탕으로 가야 되는 거였잖아? 근데 왜 여기인 거야? 왜 여기로 와버린 거야? 이제 집엔 어떻게 돌아가? 싫어! 싫다고! 여긴 정말 싫단 말이야! 우아앙!"

보고 있자니 참 가관이다.

더는 눈뜨고 볼 수가 없었다.

"야, 니들, 이제 그만 좀 하지? 일곱 살 어린애도 아니고, 뭐냐, 그 꼬라지가?"

그때까지도 혁준이 바로 옆에 와 있다는 사실조차도 인식하지 못한 채 꺼이꺼이 울어대던 그들이 그제야 움찔하며 혁준을 돌아본다.

"……?"

혁준을 전혀 알아보지 못하는 눈치다.

하긴 열여덟 살이 된 혁준을 그들이 그렇게 바로 알아볼 수 있을 리 만무했다.

"니들, 대체 나한테 무슨 짓을 한 거야? 양자이동장치라며?"

"……?"

"양자이동장친데, 나야 그렇다 치고 왜 니들까지 여기에 와 있는 거냐고. 그거 정말 양자이동장치 맞아? 양자이동장치가 아니라 이건 어떻게 봐도 타임머신이잖아?"

"……?"

"아직도 내가 누군지 감이 안 잡히냐?"

"……."

"……."

"쭌이… 형님?"

혁준이 그렇게 힌트를 주고서도 한참이 지나서야 진석이 가장 먼저 혁준을 알아봤다.

"뭐, 쭌이 형님?"

"저게 쥰이 형님이라고?"

"저게는 빼고."

뒤늦게 성재와 용운이 놀란 눈을 하고는 급히 혁준의 얼굴을 살핀다.

"어? 진짜네? 진짜 쥰이 형님이랑 닮았어!"

"닮은 게 아니라 나거든?"

"근데 왜 얼굴이 그 모양이… 됐어요?"

"그건 오히려 내가 묻고 싶은 말이거든?"

"정말이세요? 정말로 쥰이 형님이세요?"

"거짓말 아니죠? 정말로 쥰이 형님 맞는 거죠?"

처음엔 놀람이고, 이어진 것은 불신이고, 그다음에는 눈물 그렁그렁한 환희였다.

그리고,

"쥰이 형니이이이임!"

누가 먼저랄 것도 없었다.

와락!

길 잃은 새끼 강아지가 어렵게 주인을 만나 그 품에 뛰어들 듯 그렇게 혁준의 품으로 뛰어드는 바보 삼형제였다.

*   *   *

그야말로 눈물의 상봉이었다.

이제 살았다는 안도감, 세상에 혼자가 아니라는 든든함, 무엇보다 춥고 더럽고 서러운 이 거지 생활을 청산하게 되었다는 기쁨이 한데 어우러져 감동의 눈물바다를 이루었다.

물론 혁준은 전혀 감동스럽지가 못했다.

퍽! 퍽! 퍽!

"아야!"

"으윽!

"히잉! 왜 그래요, 쭌이 형님?"

왜 그러나마나,

"냄새나! 떨어져! 아, 이 시키들, 더러워 죽겠네!"

이건 도무지 두 달 만에 쌓인 더러움이라고는 생각할 수 없을 만큼 더러웠다.

대체 이 두 달간 어디를 어떻게 굴러다닌 건지 시궁창에서 한 십 년은 묵힌 것 같은 지독한 냄새가 코를 찔렀다.

"일단 좀 씻자. 따라와."

혁준은 녀석들을 목욕탕에 데려갈 생각이다. 그런데 어쩐 일인지 녀석들이 선뜻 따라오지 않고 머뭇거린다.

"뭐해? 안 와?

"저기 쭌이 형님……."

"……?"

"저기, 밥부터 사주시면 안 돼요?"

"……."

초롱초롱한 눈망울에 그렁그렁한 물기까지 다른 상황에서 다른 모습으로 보았다면 어린 꽃사슴처럼 느껴질 수도 있겠지만 지금은 그저 동냥질하는 꽃거지 정도로밖에는 보이지 않았다.

하긴 저 꼬락서니에 밥인들 제대로 챙겨 먹었겠는가.

혁준은 아직 열려 있는 슈퍼에서 빵과 우유를 사서 바보 삼형제에게 주었다. 마음 같아서는 어디 음식점이라도 가서 따듯한 밥이라도 먹이고 싶었지만 꼴이 이래서는 문전박대당할 것이 뻔했다.

그나저나 허겁지겁 참 잘도 먹는다.

다섯 명이 먹기에도 넉넉한 양이었는데도 그야말로 게 눈 감추듯 사라지고 있다.

그러는 사이 그간의 얘기를 들었다.

들어보니 참으로 파란만장했다.

혁준이야 스마트폰이라도 챙겨 왔지만, 달랑 입은 옷 말고는 아무것도 가져오지 못한 그들이었다.

"그래서 어쩌겠어요? 집도 없고 돈도 없고 갈 곳도 없는데. 그래서 경찰서에 갔죠."

이 바보들이 누가 바보 아니랄까 봐 경찰서에 가서 사실대로 솔직하게 다 말했단다.

"그랬더니 처음 며칠간은 그냥 우리가 장난치는 줄 알더라고요. 그래도 우리가 며칠 동안이나 진지하게 얘기하니까 조금씩 표정도 심각해지고 듣는 태도도 달라지더라고요. 그래서 우리는 경찰관이 우리를 믿기 시작한 거라 생각했죠. 근데 그러고 나서 다시 며칠 지나고 나니까 글쎄 경찰서로 병원 차가 오는 거예요? 게다가 하얀 가운을 입은 우락부락한 아저씨들이 우리를 막 잡아가려고까지 하고요. 그때 딱 알았죠. 이사람들이 우리를 미친놈 취급한다는 것을요. 경찰관이 사실은 우리를 믿었던 게 아니라 미친놈으로 생각하고 정신병원에 넣으려고 한 거죠."

참 대단한 걸 깨달았다는 듯이 의기양양해한다.

어이가 없다.

아무리 세상 물정 모르는 바보들이라지만 애초에 경찰서에 가서 그런 얘기를 했다는 것부터가 기가 막힐 지경이다. 거기다 경찰관의 태도가 변해갔다는 건 그때부터 이미 미친놈으로 취급하기 시작했다는 건데 그걸 정신병원에서 자신들을 잡으러 올 때까지도 전혀 눈치채지 못하고 있었다니.

'뭐 이런 반편이들이……. 이것들 진짜 살짝 모자란 거 아냐?'

"역시 우리의 상황을 20세기에 사는 사람들이 이해하기에는 무리가 있었던 거예요."

'21세기에 사는 사람이 이해하기에도 무리인 건 마찬가지거든?'

오히려 그걸 경찰서에 가서 곧이곧대로 떠들어댄 이 바보들의 뇌 구조가 더 이해가 안 간다.

그래도 정신병원에 잡혀가면 끝장이라는 것만큼은 알고 있었다니 천만다행이다.

필사적으로 도망을 쳤단다.

하지만 어찌어찌 도망을 치긴 했지만 그때부터가 진정한 고난의 연속이었다고 한다.

세상이 자신들을 어떻게 생각하는지 혹독하게 깨달은 덕분에 어디에 몸을 의탁할 엄두도 못 내고 부랑자 생활로 떠돌며 동냥 짓으로 연명해 왔던 것인데, 동냥 짓마저도 그리 호락호락할 리 없었다.

"세상에, 세상에, 그지들이 그렇게 많은 줄은 정말 몰랐다니까요. 우리나라가 20세기엔 이렇게 못 살았어요? 어떻게 된 게 가는 곳마다 죄다 거지 천지인 거예요. 게다가 거지들 주제에 나와바리 운운하는 건 또 뭐예요? 지들이 무슨 조폭이야, 뭐야."

"조폭보다 더했잖아. 지들 나와바리에서 동냥 짓 좀 했다고 사람을 아주 개 패듯 패고!"

지금 생각해도 진저리가 쳐진다는 표정들이다.

조금 전 서울역에서 이미 그 같은 장면을 목격했다 보니 그들의 지난 두 달간의 생활이 어떠했을지 충분히 짐작이 갔다.

그렇게 한참 동안 지난 두 달간의 고생담을 늘어놓던 바보 삼형제가 문득 혁준에게 물었다.

"근데 정말 쭌이 형님 얼굴은 왜 그래요? 왜 이렇게 젊어, 아니, 어려졌어요? 그 얼굴 보고 존대를 하려니까 되게 어색해요. 쭌이 형님이 그 얼굴로 반말 틱틱 하는 것도 되게 막 짜증이 나려고 하고."

"니들 얼굴 보는 거, 나도 되게 짜증나거든?"

심지어 그들은 얼굴이 그대론데도 말이다.

그래도 어쩌랴. 이미 사건은 벌어져 버렸고 죽으나 사나 그들과 한 배를 타버렸다. 혁준이 속사정을 터놓고 얘기할 수 있는 것도 결국은 바보 삼형제밖에 없었다.

그리고 지금까지 간직하고 있던 의문에 답을 줄 수 있는 것도 바보 삼형제뿐이다.

혁준이 지난 두 달 동안 있었던 일을 얘기했다.

"그거 일심성 공존불가의 법칙 때문인 거 같은데요?"

혁준의 얘기를 듣던 중 성재가 불쑥 그렇게 말했다.

"완벽히 동일한 입자는 같은 시공간에 존재할 수 없다. 아마 그래서 쭌이 형님이 과거의 자신과 일체화가 되어버린 게 아닌가 싶은데요?"

그러고 보니 언젠가 어느 TV 프로에서 뉴트리노 연구소가 밝혀냈다며 과학자 하나가 나와서 그런 말을 했다.

"근데 그게 정말 가능한 얘기야?"

"아마도요. 뉴트리노 연구소라면 그쪽 분야에선 세계적으로 권위 있는 곳이니까. 실제로 쭌이 형님한테 일어난 일이기도 하잖아요. 다만 조금 더 면밀히 테스트는 해볼 필요가 있겠어요."

"테스트라니? 신체 능력 테스트는 이미 해봤다니까. 확실히 신체 능력은 업그레이드됐어."

"아니, 그런 게 아니라 업그레이드된 능력이 더하기냐 곱하기냐를 알아봐야 한다는 거예요."

"……?"

"단순하게 산술적으로 계산하면 하나의 몸에 하나의 몸이 더해진 거니 더하기예요. 하지만 사람의 인체라는 게 그렇게 단순히 계산할 수 있는 게 아니잖아요? 야구공을 던지는 것만 해도 팔 하나가 아니라 손목, 어깨, 허리, 허벅지, 장딴지 등 모든 부위의 근육이 같이 쓰이니까. 50m도 못 던지던 공을 200m나 던질 수 있던 것도 그런 복합적인 화학작용이 일으킨 시너지 효과구요. 그 시너지 효과가 더하기를 곱하기로 만들어준다는 뭐 그런 말이죠. 어쩌면 곱하기 이상일 수도 있구요.

세상살이에 있어서는 바보 같기만 한 바보 삼형제지만 확실히 이런 유의 이야기를 할 때는 얘들이 한때 세상을 놀라게 하던 천재 소년들이라는 사실을 새삼 깨닫게 된다.

"근데 곱하기 이상일 수도 있다는 건 무슨 말이야?"

"사람의 한계를 관장하는 건 뇌죠. 인간이 뇌의 10퍼센트도 제대로 사용하지 못한다는 말은 형님도 들어보셨죠? 사실 현대과학으로도 뇌에 대해 밝혀낸 거라고는 극히 미세한 일부라서 10퍼센트니 뭐니 하는 것도 사실 정설이라기보다는 그냥 통설에 가깝죠. 그래도 한 가지는 확실해요. 뇌라는 놈이 아주 겁쟁이라는 것. 그래서 신체의 한계점을 아주 인색하게 잡아버려요. 조금이라도 자신에게 피해가 오는 걸 겁내는 거죠. 형님 100m를 7초대에 뛰었다고 했죠? 제 계산대로라면 그보다 기록이 더 단축되었어야 해요. 근데도 7초대에 그친 건……."

"……?"

"인간의 신체 능력을 가장 적나라하게 보여주는 100m 달리기에서 쥰이 형님이 이놈의 예상보다 훨씬 빨리 달려 버린 거예요. 그래서 그냥 쫄아버린 거죠. 그래서 형님이 발휘할 수 있는 능력치보다 훨씬 앞쪽에다 한계점을 걸어버린 거구요."

"내가 발휘할 수 있는 능력치보다 훨씬 앞쪽에 한계점이 걸렸는데도 100m를 7초대에 달렸다고?"

"그렇죠. 하지만 일시적인 거예요. 분명 지금보다 더 빨라질 거예요. 뇌라는 놈은 겁은 많지만 영리하니까. 가진 능력에 비해서 한계점을 너무 낮게 잡았다는 걸 금방 알아차릴 테고, 그럼 한계점도 금방 수정이 되겠죠. 그렇게 되면 과연 얼마나 더 빨라질지, 얼마나 더 강해질지 저로서도 사실 감이 잘 안 잡혀요. 어쩌면 제가 계산한 것보다 훨씬 더 놀라운 결과가 나올 수도 있어요. 어쨌거나 쭌이 형님의 지금 몸은 인류사에 그 전례도, 사례도 없는 것이니까요. 그러니까 이참에 제대로 한번 테스트를 해보자구요. 네?"

바보 삼형제가 상거지에서 완전히 과학 오타쿠의 면모를 회복하고는 혁준을 향해 눈을 반짝이고 있다. 아니, 재밌는 실험체라도 발견한 것처럼 침까지 질질 흘려대고 있다.

어김없이 혁준의 주먹이 녀석들의 머리통을 두들겼다.

퍽! 퍽! 퍽!

"아야!"

"으윽!"

"히잉! 또 왜 때려요?"

"이것들이 어디서 날 실험실 생쥐 취급을 하려고 들어?"

"히잉! 실험실 생쥐 취급을 한 게 아니라 우린 그냥 쭌이 형님이 걱정돼서……."

"결단코 걱정하는 눈빛이 아니었거든?"

"그렇지만 테스트를 하다 보면 리미트가 좀 더 빨리 해제
될 수도 있단 말이에요."

"어차피 테스트 안 해도 금방 해제가 될 거라면서?"

"그야 그렇지만… 쭌이 형님도 사실은 쭌이 형님의 능력치
가 정확히 어느 정돈지 궁금하실 거 아니에요?"

그건 그랬다.

솔직히 궁금하긴 했다.

아니, 궁금한 정도가 아니라 녀석들로부터 리미트가 해제
되면 자신의 신체 능력이 지금보다도 훨씬 더 대단해질 거라
는 말을 들을 때는 짜릿한 전율마저 느꼈다.

하지만 그럼에도 녀석들에게 테스트 따위를 받고 싶은 마
음은 전혀 없었다. 양자이동장치를 만든다며 타임머신을 만
들어 버린 이런 어처구니없는 돌팔이들에게 자신의 몸을 맡
길 만큼 그는 무모하지도 멍청하지도 않았다.

'그나저나 이 녀석들한테 스마트폰에 대해서도 얘기를 해
야 하나?'

어쩌면 가장 중요한 이야기일 수도 있었다.

이 바보 삼형제에게 있어서도 혁준의 신체 능력에 관한 것
보다도 더 관심을 가질 만한 이야기일지도 몰랐다.

혁준 스스로도 지금껏 가장 궁금하고 이해 안 되는 것이 바로 미래와 연결되어 있는 스마트폰이다.

'이 녀석들의 지식이라면 어쩌면 해답을 얻을 수 있을지도 모르는 일이긴 한데……'

그러나 선뜻 내키지가 않았다.

이 과학 오타쿠들이 물욕에 눈이 어두워 스마트폰을 탐낼리야 없겠지만 그래도 워낙에 대단한 물건이다 보니 조심스러웠다.

'이런 건 부모형제한테도 가르쳐 주기가… 에? 가만, 내가 지금 여기서 이러고 있을 때가 아니잖아!'

생각해 보니 수진이를 마중 나온 길이다.

바보 삼형제 때문에 까마득히 잊어먹고 있었다.

급히 시계를 보니 1시 30분이 넘어가고 있었다.

도착 시간이 12시 30분이라 했으니 벌써 한 시간이나 지나버린 것이다.

"쭌이 형님, 왜 그러세요?"

혁준이 갑자기 당혹스러운 얼굴을 하자 바보 삼형제가 의아한 표정을 하고 물었다.

혁준이 다급히 말했다.

"니들 여기서 딱 두 시간만 꼼짝 말고 있어."

"예?"

"내가 지금 어디 좀 급히 가야 하니까 여기서 꼼짝 말고 있으라고. 딱 두 시간이면 돼."

"쭌이 형님……."

혁준의 말에 급격히 불안한 얼굴을 하는 바보 삼형제다.

완전히 엄마 품 떠나는 어린아이의 그것과 똑같았다.

불안하고 외롭고 무서운, 의지할 곳이라곤 혁준밖에 없으니 당연한 반응이다.

그건 혁준 역시도 마찬가지였다.

일곱 살 꼬맹이보다도 못한 이런 얼뜨기들을 두고 떠나려니 도무지 걸음이 떨어지지가 않았다. 하지만 어쩔 수 없었다. 그렇다고 이런 거지꼴을 한 그들을 집으로 데려갈 수는 없는 노릇이니 말이다.

"길어야 두 시간이야. 니들 두고 어디 도망 안 가니까 걱정들 말고 기다리고 있어."

그렇게 한 번 더 다짐을 하고는 수진이를 찾아 나섰다.

다행히 서울역 정문 입구에서 쪼그려 앉아 있는 수진이가 보였다.

아무리 여장부라고 해도 고작해야 여중생이다.

게다가 인신매매가 심심찮게 일어나던 시절이다. 바보 삼형제가 혁준을 떠나보내며 불안하고 외롭고 무서워하던 것처럼 수진이 또한 혁준이를 기다리는 내내 불안하고 외롭고 무서워했다.

그러니 그런 두려움에 떨게 만든 혁준에게 화가 단단히 난 것이야 더 말할 필요도 없었다.

혁준을 본 순간, 그동안 쌓인 불안과 외로움과 무서움을 그대로 토해냈다.

"오빠 미워!"

*   *   *

단단히 삐친 수진이를 달래며 집까지 바래다준 혁준은 그 길로 곧장 서울역으로 다시 달려갔다.

다행히 바보 삼형제는 어디 가지 않고 아예 말뚝이라도 박은 듯이 그 자리에 그대로 있었다.

그때 혁준을 보던 그 애처롭고 가여운 눈망울들이란…….

아무튼 다시 주인 품으로 달려드는 불쌍한 강아지들을 애정을 듬뿍 담은 주먹질로 가볍게 떼어낸 혁준은 고민 끝에 녀석들을 일단 집에서 가까운 여관에 묵게 했다.

여관비와 식비는 2년을 묵혀둘 계획이던 주식을 일부 팔아 충당했다.

아깝긴 했지만 지금은 그게 문제가 아니었다.

달리 방법이 없었다.

그리고 그게 꼭 손해인 것만은 아니었다.

어쨌든 녀석들은 성인이다.

녀석들이 있으면 자신이 미성년자라는 이유로 하지 못한 많은 일을 할 수 있었다.

물론 그러자면 우선 해결해야 할 문제가 있었다.

'민증부터 만들어야 하는데……'

녀석들을 주권을 행사할 수 있는 당당한 대한민국 국민으로 만드는 것이 제일 시급한 문제였다.

알아보니 방법은 있었다.

지금껏 어느 깊고 깊은 오지에서 태어나서 출생신고조차 못한 채 살았다고 할 수도 있고, 기억상실증이 걸려서 그전의 기억이 아무것도 없다고 할 수도 있었다.

단지 그 절차가 복잡했다.

먼저 전자는 녀석들의 출생부터 성장 과정을 증명해 줄 증명인이 필요했고, 후자는 또한 기억상실증이 걸렸다는 것을 증명해 줄 의사의 소견서가 필요했다.

아무리 이 시절 공직 사회란 곳이 뭐든 '대강대강', '설렁설렁', '적당히'라는 풍조가 만연해 있던 비리의 온상이었다고 해도, 전산 설비도 제대로 갖추어지지 않아 주먹구구식 행정 처리가 비일비재하게 이루어지던 미개한 시절이었다고 해도 미성년자인 혁준과 얼뜨기 바보 삼형제가 넘볼 수 있을 만큼 만만한 곳은 아니었다.

더구나 필요한 서류와 조건을 다 갖춘다고 해도 절차라는 것이 상당히 복잡했다. 말단 사무원에서부터 구청장까지 올라가는 결재 라인을 거쳐야 하는 만큼 민증이 발급되기까지 못해도 수개월은 소요가 될 거라고 했다.

'브로커라도 알아보는 수밖에 없나?'

민증 발급에 필요한 제반 절차를 도와주고 담당 공무원들을 구슬려서 민증 발급에 걸리는 시간을 최소화해 주는 정도의 브로커라면 구하기가 그리 어렵지 않을 것 같았다.

'홍신소에 의뢰하면 그런 브로커 정도는 연결이 될 것도 같은데……'

언젠가 TV 다큐에서 '심부름센터의 뒷모습'이라는 제목으로 각종 불법의 온상이 된 홍신소를 고발한 적이 있다.

다만 이번에도 자신이 미성년자라는 게 문제였다.

과연 그들이 자신의 의뢰를 진지하게 받아줄지, 미성년자라고 무시해 버리지나 않을지 걱정이다.

하지만 달리 내세울 대리인도 없거니와 그렇다고 바보 삼형제에게 직접 그런 일을 맡길 수도 없는 상황이다.

'하긴 민증을 아예 위조하는 것도 아니고 병역 브로커처럼 죄질이 나쁜 것도 아닌데 별문제야 있을라고.'

결국 그렇게 결심하고 홍신소를 찾아갔다.

다행인 것은 연륜이란 것을 무시할 수 없는지 행색을 좀 노티 나게 하고 말투를 점잖게 하니 딱히 나이를 의심하거나 만만하게 보는 사람은 아무도 없다는 것이다.

하지만 쉽지는 않았다.

"여긴 그런 일 하는 곳이 아닌데……."

경찰 끄나풀이라도 된다 생각했는지, 아니면 정말로 그런 일을 하는 곳이 아닌 건지 하나같이 자신들은 불법과 관련된 일은 하지 않는다며 난색을 표하기 일쑤였다.

그래도 포기하지 않고 끈질기게 이곳저곳을 들쑤시다 보니 명함 한 장을 얻을 수 있었다.

"이곳으로 한번 가보세요. 제가 잘 아는 형님께서 하고 계신 곳인데 그 형님께서 그쪽 분야의 사람들을 많이 알고 계시거든요. 제가 직접 도와드리고 싶지만 이쪽 일이란 게 워낙에 영역 구분이 확실한 곳이라……. 그래도 제가 미리 연락은 드려놓을 테니까 크게 불편하실 일은 없을 겁니다."

그리해 어렵게 김 씨라는 브로커와 연락이 닿았다.

김 씨의 말인즉슨,

"요즘 좀 단속이 심하긴 합니다. 그래서 외국인 노동자나 중범죄자들 건 아예 취급을 하지 않죠. 뭐, 그런 것만 아니면 민증 발급 받는 건 별로 어려울 게 없습니다. 위조를 하는 게 아니라 그저 조금 편의를 취하는 거라 뒤탈도 없구요. 아마 열흘 정도면 무리 없이 발급까지 마무리가 될 겁니다. 근데 문제는 돈이 좀 든다는 건데……."

그렇게 운을 떼며 김 씨가 요구한 돈은 일인당 7백만 원이었다.

"세 명이니까 2천만 준비하십시오."

2천만 원.

큰돈이다.

주식을 싹싹 다 털어봐야 기껏 3백만 원도 되지 않았다.

'일단 한 명 것만 만든다고 해도 4백만 원은 더 모아야 하는데……'

지금 혁준이 그나마 가장 효율적으로 돈을 모을 수 있는 방법은 역시 주식밖에 없었다.

하지만 그놈의 가격제한폭 때문에 4백만 원을 더 모으려면 까마득할 수밖에 없다. 더구나 그사이 들어가는 녀석들의 여관비와 식대는 또 어쩌란 말인가?

혁준이 그 문제로 골머리를 끙끙 앓고 있을 때였다.

"쭌이 형님, 뭘 그렇게 고민해요? 산삼 캐면 되잖아요?"

바보 삼형제 중 진석이 불쑥 그런 말을 꺼냈다.

"산삼?"

"그때 왜 우리 아파트 단지 주민이 아파트 뒷산에서 백 년 근 산삼을 캐서 떠들썩했잖아요. 상태도 상당히 좋아서 7천

만 원이나 받았다고. 저녁 뉴스에도 나왔잖아요. 기억 안 나세요?'

기억이야 난다.

진석의 말대로 워낙에 떠들썩했다.

그도 그럴 것이 해발 80m밖에 안 되는 응봉산에서 백 년 근 산삼이 나왔으니까.

'맞아. 내가 왜 그 생각을 못했지?'

그때 백 년 근이었으니 지금 캐도 족히 칠십 년 근은 될 터였다.

70년 근 천종산삼이면 모르긴 해도 7백만 원은 받을 수 있지 않을까?

'게다가 어디 지리산 계룡산도 아니고 내 후각이면 고작 응봉산에서 산삼 하나 찾는 거야 일도 아닐 테고.'

실제로 TV 동물농장에서는 강아지의 후각을 이용해 산삼을 찾는 실험을 해서 성공한 적도 있었다.

'정말 왜 이 생각을 못했지?'

굳이 응봉산이 아니더라도 동네 야산에 등산 갔다가 산삼 캔 일화가 많았다. 스마트폰만 뒤져도 동네나 산 이름 정도는 충분히 알 수 있었다. 더구나 약재 거래라는 것이 대개 현찰 박치기로 이루어지다 보니 딱히 미성년자라고 해서 제약이 있는 것도 아니었다.

'이렇게 좋은 방법이 있는 것도 모르고 그동안 한 주라도 더 주식을 사 모으겠다고 만 원, 2만 원 용돈까지 아껴가며 아등바등한 꼴이라니……'

어이가 없었다.

이래서 머리가 나쁘면 손발이 고생한다는 건가 보다.

혁준은 지체하지 않고 자리에서 일어섰다.

"쭌이 형님, 어디 가시게요?"

"산삼 캐러."

"예? 그럼 진짜 응봉산에 가시는 거예요? 그럼 우리도 가요."

"뭐? 니들이 왜?"

"우리도 도울게요. 그래도 한 사람보다는 네 사람이 찾는 게 더 효율적이잖아요."

"안 돼!"

효율도 효율 나름이다.

오히려 방해가 안 되면 다행이다. 그러다 괜히 멀쩡한 산삼 잘못 건드리기라도 했다간 가격만 떨어진다.

하지만 이번엔 녀석들이 완강했다.

"우리도 갈게요. 여기 와서 맨날 신세만 지고 있잖아요. 이럴 때라도 돕고 싶어요."

"그래요. 우리도 돕게 해줘요."

"절대로 방해 안 할게요. 네? 진짜진짜 맹세해요!"

바보 삼형제가 워낙에 완강해서 혁준도 더는 말릴 수가 없었다.

하지만 단단히 주의를 주는 것은 잊지 않았다.

"그럴 리야 없겠지만 혹시라도 먼저 찾게 되면 절대로 손대지 마. 절대로 손대지 말고 먼저 나부터 불러. 알았지?"

물론 절대로 그럴 리는 없었다.

설마하니 산삼 같은 영험한 신물(神物)이 어찌 저런 바보들한테 발견될까?

'그건 산삼한테도 굴욕스러운 일일 테니까.'

산삼도 산삼으로서의 자존심이 있을 것이 아닌가.

하지만 산삼한테나 혁준한테나 오늘 하루는 일진이 참 사나운 날이었다.

"심봤다아아아아아아!"

누가 산삼을 하늘의 보살핌이 있어야 비로소 만날 수 있는 신령한 보물이라 했는가?

응봉산에 오른 지 불과 30분 만이다.

혁준의 코가 제대로 실력 발휘도 하기 전, 성재의 환희에 가득 찬 외침이 응봉산을 가득 울려 퍼졌다.

달려가 확인해 보니 스마트폰에 올라온 당시의 사진과 크기와 뇌두만 조금 차이가 있을 뿐 완벽히 동일한 물건이란 것을 확인할 수 있었다.

단지 그 한 뿌리만 있는 것이 아니었다.

오래 묵은 산삼은 새끼를 친다더니 주위로 그보다 어린 산삼이 십여 뿌리나 더 널려 있었다.

그것을 보는 혁준의 심정은 심히 복잡했다.

"……."

이로써 민증 문제를 해결할 수 있게 되었다.

이로써 민증 문제를 해결하고 제대로 한번 돈을 벌어볼 수 있게 되었다.

그동안 그를 꽁꽁 묶어두었던 족쇄를 풀고 이제는 마음껏 날갯짓을 할 수 있다.

그런데 산삼을 찾았다는 기쁨보다, 족쇄를 풀었다는 해방감보다 이 밀려드는 패배감은 대체 뭘까?

'쳇!'

지금 혁준의 기분은 마치 온라인 게임을 하다 완전 '쪼렙' 한테 PK라도 당한 것 같은 기분이다.

어쨌거나 그때부터는 일사천리였다.

스마트폰으로 오랜 전통을 자랑하는 약재상 중에서 비교적 평이 좋고 정직하다고 알려진 곳을 검색해 산삼을 팔았다.

모두 열세 뿌리.

약재상에게 들어보니 칠십 년 근을 제외하고 오십 년 근부터 칠 년 근까지 다양하다고 했다.

그리해 받은 돈은 모두 합쳐 1,300만 원.

어쩌면 다른 곳에 가면 좀 더 쳐줄지도 모르지만 욕심 부리지 않았다.

그거면 최소한 한 명의 민증은 만들 수 있고, 그걸 기반으로 돈을 불리면 다른 두 명 것이야 금방이었다.

혁준은 바로 브로커 김 씨에게 연락해 민증 작업에 착수했다.

혹시 사기가 아닐까 살짝 걱정이 되기도 했는데 열흘 후 정확히 약속한 날짜에 성재는 민증을 발급받을 수 있었다.

그렇게 민증이 확보되자 혁준은 미리 생각해 두었던 계획을 실행에 옮겼다.

"쭌이 형님, 지금 어디 가시는 거예요?"

다짜고짜 따라오라며 길을 나서는 혁준을 보며 바보 삼형제가 의아해하며 물었다.

혁준이 짤막하게 대답했다.

"과천."

"과천은 왜요?"

"경마장에 갈 거야."

"경마장엔 왜요?"

"경마장엘 왜 가겠어? 당연히 경마하러 가는 거지."

"쮼이 형님, 그런 취미도 있으셨어요?"

"아니, 오늘이 처음이야."

사실이다.

경마는 한 번도 한 적이 없다.

그래서 경마에 대해서는 잘 알지도 못했다.

혁준의 말에 녀석들이 심히 걱정스럽다는 눈빛을 건네왔다.

"쮼이 형님, 쮼이 형님이 요즘 우리 때문에 돈을 많이 썼다는 것은 알지만, 그래도 이런 식으로 만회를 하려고 하면 안 될 거 같은데요?"

"맞아요. 경마 그거 잘못하면 패가망신의 지름길이라고 하잖아요."

"쮼이 형님마저 쫄딱 망하면 우린 어떡해요?"

혹여나 다시 거지 신세가 될까 지레 겁을 먹는 바보 삼형제다.

하지만 혁준은 전혀 걱정이 없었다.

'나한텐 스마트폰이 있으니까.'

이미 마사회 사이트부터 경마 블로그, 카페, 당시의 신문기사까지 죄다 뒤져서 92년에 벌어진 경마 기록은 얼추 다 추려

놓은 상태였다.

아무리 생각해 봐도 단번에 돈을 왕창 벌 수 있는 방법은 경마밖에 없었다. 로또라도 있었다면 그걸 했겠지만 이 시절에 발매되는 복권은 주택복권을 비롯해서 죄다 로또와는 하는 방식이 달랐다. 기입식이 아니라 무작위 판매 방식이라 어디에서 어떤 번호가 팔리는지 확인할 방도가 없었다. 스마트폰으로 검색이 가능한 것은 기껏해야 몇 회 차가 어느 지역에서 1등이 나왔다는 것 정도인데, 그렇다고 그 지역에서 판매되는 복권을 죄다 사버릴 수는 없는 노릇이 아닌가.

차라리 스포츠토토의 전신이라 할 수 있는 또또복권이라도 있었다면 그쪽부터 노려봤겠지만 안타깝게도 또또복권이 발매되는 것은 내년인 1993년이었다.

게다가 경마라는 게 수입 면에서 결코 복권에 뒤진다고 할 수도 없었다. 역대 기록을 봐도 무려 6만 배의 배당이 떨어진 적도 있었다.

오늘만 해도 그랬다.

혁준이 요 며칠간의 경마 정보를 확인한 끝에 오늘을 길일로 정한 것도 그 때문이다.

오늘은 과천에서 대박 배당이 나오는 날이었다.

무려 2,436배.

한 번에 최대 10만 원을 배팅할 수 있으니 10만 원만 투자

해도 무려 2억 4천이 넘는 돈을 그 한 판으로 딸 수가 있는 것이다.

'2억 4천…… 그걸 주식으로 굴리면 돈 모으는 거야 일도 아니지.'

그가 노리는 경기는 9번 경주 복승식 1, 2착 5번마 오렌지 카라멜과 8번마 까탈레나였다.

몇 번이나 확인했으니 틀릴 리 없었다.

그렇게 혁준은 부푼 꿈을 안고 바보 삼형제와 함께 과천경마장으로 향했다.

*　　　*　　　*

"쭌이 형님, 정말 괜찮을까요?"

경마장 입구에 도착해서도 바보 삼형제는 좀처럼 불안을 떨치지 못했다.

물론 혁준은 자신만만했다.

"안 괜찮을 건 또 뭐 있어?"

안 괜찮을 건 없다.

안 될 것도 없다.

스마트폰만 있으면.

못 할 것도, 못 가질 것도, 못 이룰 것도 없다.

스마트폰만 있으면.

그 끝도 없이 넓은 정보의 바다가 그에게 무한한 부를 안겨
줄 테니까.

'그래, 이제부터 시작이다!'

그리해 1992년 여름,

그들은 경마장, 꿈과 좌절, 희망과 절망이 한데 어우러지는
그 복마전 속으로 입성했다.

제7장

팔천만 원만 빌려주면
안 될까?

"한가운데 최종석 기수의 6번마 하이드리머, 좋은 움직임을 보이고 있습니다. 11번마 최범현 기수의 샌드블러드, 바깥쪽에서 6번마와 어깨를 나란히 하고 있습니다. 그 뒤를 13번 이기웅 기수의 챠트원과 정기원 기수의 9번마 굿파티가 따라붙습니다. 아! 이때 5번마 오렌지카라멜이 치고 나옵니다. 그 뒤의 8번마 까탈레나도 추격을 시작합니다. 드디어 마지막 직선 코스에 들어섭니다. 아, 5번마! 5번마! 오렌지카라멜! 선두로 치고 나옵니다! 이때 8번마 까탈레나가 6번마 하이드리머를 추월하며 3위로 올라섭니다! 더욱 치고 나가는 5번마 오렌지카라멜! 11번마 샌드블러드를 바짝 추격하는 8번마 까탈레나! 결승전 전방 60m! 엎치락뒤치락하는 11번마! 8번마! 8번마! 11번마! 8번마! 8번마! 8번마! 8번마! 가장 먼저 결승점을 통과한 5번마 오렌지카라멜에 이어 8번마 까탈레나가 2착으로 결승점을 통과합니다! 아쉽게도 디펜딩챔피언 11번마 샌드블러드는 3착으로 결승점을 통과하게 되었습니다! 오렌지카라멜과 까탈레나, 제9경주는 그야말로 무명들의 반란이 아닐 수가 없습니다!"

"와아! 이겼어요! 쭌이 형님! 우리가 이겼어요!"
"우와! 완전 대박! 완전 완전 초대박!"

혁준이 무명의 말들에게 배팅했을 때만 해도 반대하고 회의적이던 녀석들이 혁준이 찍은 대로 결과가 나오자 완전히 흥분의 도가니탕에 빠져서 난리 블루스를 추고 있다.

하지만 정작 혁준은 잔뜩 실망한 얼굴이었다.

'2,400배가 왜 240배밖에 안 되는 거냐고!'

경마에 대해서 너무나 무지했다.

아니, 이런 유의 도박 자체에 개념이 없었다.

배당금도 결국 전체 판돈에서 정해진다는 걸 간과했다.

2,436배의 주인공은 만 원을 걸어서 2천 4백만 원을 벌었다. 그것도 그 혼자 단독으로 당첨된 금액이었다. 그러니까 다시 말해 이번 9경주 복승식의 전체 판돈 자체가 2천 4백만

원밖에 안 된다는 것이다. 그러니 혁준이 그보다 열 배가 더 많은 1회 한도 배팅 금액 10만 원을 걸어 열 배의 지분율을 갖고 있다고 해도 결국은 그에게 떨어지는 배당금이 2천 4백만 원을 넘을 수가 없는 것이다.

'결국 한탕으로는 안 된다는 건가?'

결국 좋은 배당이든 나쁜 배당이든 하루에 치러지는 모든 경주에 배팅을 해서 최대한 긁어모으는 수밖에 없다는 것이다.

그래도 남은 둘의 민증을 확보하는 데는 문제가 없는 금액이라 혁준은 그 돈으로 남은 둘의 민증부터 만들었다.

그리고 그때부터 혁준은 바보 삼형제를 데리고 경마장이 열리는 금, 토, 일요일이면 어김없이 경마장을 찾았다.

과천에만 가지 않고 그때그때 배당이 좋은 경마장을 찾아 전국을 돌아다녔다. 하루는 과천에서, 하루는 부산에서, 하루는 또 영천에서……. 한곳에서 한 사람이 돈을 긁으면 여러 가지로 골치 아파질 수도 있다는 생각에 배당금을 수령하는 것도 바보 삼형제가 번갈아가면서 했다.

그렇게 한 번 경마장을 갈 때마다 번 돈은 적게는 2천에서 많게는 하루에 8천까지도 번 적이 있었다.

그야말로 돈을 자루로 쓸어 담았다.

그렇게 한 달 반 정도가 지났을 때다.

한 달 반 동안 고작해야 열대여섯 번을 갔을 뿐인데도 그동안 주식 투자로 올린 수익까지 합쳐서 혁준의 총자산은 단숨에 8억이 넘었다.

이쯤 되니 이젠 주식으로 버는 돈도 경마장에서 버는 돈 못지않게 많았다.

'슬슬 경마도 끊을 때가 된 건가?

어차피 한철 장사라 생각하고 시작한 일이다.

무엇보다 요즘 들어서 경마장을 가면 분위기가 심상치 않았다.

그들이 경마장에 들어서면 입구에서부터 경비들이 바쁘게 무전을 치는가 하면 사람들이 힐끔거리기도 하고 왠지 감시의 눈도 느껴졌다. 자신이 배팅한 곳에 사람들이 더러 몰리기라도 하는 건지 배당금도 예상한 것과는 조금 다르게 나타나기도 했다.

조심한다고 조심을 했는데도 벌써 그들에 대한 소문이 이쪽 바닥에 쫙 퍼진 게 분명했다.

이런 일로 주목을 받아서 좋을 게 없었다.

그리고 굳이 이젠 경마에 목을 맬 필요도 없었다.

필요한 자본금은 충분히 모았다.

그거면 이제 본격적으로 돈이 돈을 버는 돈놀이를 해볼 수 있었다.

그래서 혁준은 오늘 과천경마장을 마지막으로 경마를 끊기로 했다.

'마지막이니까 이참에 경마나 제대로 즐겨볼까?'

스마트폰으로 결과를 미리 확인하지 않은 채로, 결과 같은 건 상관없이, 그냥 내키는 대로 그렇게 편한 마음으로 나들이 삼아 도착한 과천경마장이다.

확실히 분위기가 전과 달랐다.

어디서 어떤 소문이 퍼진 건지는 모르지만 사방에서 따가울 정도로 많은 사람들의 시선이 느껴졌다.

오늘은 딱히 돈을 벌 목적도 아니고 또 마지막이기에 그런 시선들이 그리 부담스럽지가 않았다.

혁준은 그런 시선들은 무시하고 곧장 마권을 사러 갔다.

마권을 사러 가서 다시 한 번 확인했다.

'역시 소문이 난 거야.'

혁준이 배팅을 하려고 마권에 번호를 적으려 하자 주위의 시선이 일제히 혁준의 손에 들린 펜과 마권에 집중됐다.

그런데 그 많은 시선 중에서 유독 신경이 쓰이는 시선 하나가 있었다.

'저 사람 또 왔네.'

마흔쯤 되어 보이는 사내이다.

그 많은 시선 중에서 유독 그 사람이 혁준의 눈에 들어온 것은 과천경마장의 죽돌이라도 되는지 그들이 과천경마장에 올 때마다 그 사내가 보였다는 것과, 하필이면 공교롭게도 매번 그들의 옆자리에 앉아 있었다는 것, 그리고 그때마다 인생 다 산 얼굴을 하고 있었다는 것이다.

'혹시 저 사람이 소문을 낸 건가?'

늘 자신들의 옆자리에 앉아 있었다. 경주 때마다 이기는 것을 바로 옆에서 보았다. 그러니 현 시점에서 그가 소문을 낸 가장 유력한 용의자이긴 했다.

하지만 이내 고개를 저었다.

'그럴 리가 없지.'

그런 소문을 내서 좋을 게 없었다. 경마라는 건 경쟁자가 적을수록 배당금이 높아지게 마련이니 혼자 알고 혼자서 혁준의 마권을 훔쳐보는 것이 훨씬 더 이득이다.

게다가 지난번까지는 그를 별로 신경 쓰지 않았기에 마음만 먹었다면 얼마든지 혁준의 마권을 훔쳐볼 수가 있었다.

그런데 그러지 않았다.

옆에서 바보 삼형제가 야단법석을 떨어댔는데도 혁준을 향해 탐욕을 드러낸 적이 없었다. 지금만 해도 다른 사람들은 오직 탐욕으로 눈을 번득이고 있지만 이 사내만은 달랐다.

그것은 절박함일지언정 탐욕은 아니었다.

그 속에는 혁준에 대한 죄스러움도 언뜻 비쳤다.

물론 그래 봐야 정도의 차이만 있을 뿐 혁준에겐 그의 것을 훔치려는 도둑의 무리 중 하나에 불과했다.

혁준은 일부러 보란 듯이 마권을 척 펼치고는 그 위에 이제 막 시작하는 제2경주부터 마지막 12경주까지 번호를 휘갈기기 시작했다.

말의 이름조차 확인하지 않았다.

그야말로 그냥 휘갈겼다.

당연히 적중률이 무한 제로에 가까운 것은 말할 것도 없었다.

그러나 이를 알지 못하는 사람들은 마치 그게 성경 말씀이라도 되는 양 한 점 의심 없이 믿고 그 번호들을 자신의 마권에 베껴대기 시작했다. 매 경기마다 한도 배팅액인 10만 원을 배팅한 것은 말할 것도 없었다.

그런 그들의 분주한 모습을 보자니 짜증스럽던 기분이 한결 개운해졌다.

곧이어 벌어질 실망과 통곡의 바다를 생각하니 깨소금을 먹은 것처럼 고소하고 유쾌했다.

'그러게 왜 남의 것을 탐내느냐고.'

다 자업자득이다.

아나나 다를까, 경주가 시작되고 혹시라도 모를 상황에 민첩하게 대처하기 위해 혁준의 주위로 자리를 잡은 사람들이

제2경주가 끝났을 땐 실망으로 혁준을 보았고, 제3경주가 끝났을 땐 설마 하는 눈으로 혁준을 보았다. 제4경주가 끝났을 땐 불안으로, 제5경주가 끝났을 땐 짜증으로, 제6경기가 끝났을 땐 혁준에게 아예 노골적으로 원망의 눈빛을 던져 왔다.

그럴수록 통쾌하기만 한 혁준이다.

다만 그건 어디까지나 혁준만의 통쾌함일 뿐이다.

"아! 또 졌어!"

"미치겠네! 왜 이렇게 안 맞아? 어떻게 이렇게 다 비껴가는 거야? 오늘 완전 똥 밟은 날이네!"

"정말 오늘 왜 이러죠, 쭌이 형님? 오늘 운발 진짜 안 받는데요?"

혁준이 일부러 틀린 답을 적은 줄은 생각도 못 한 바보 삼형제가 처음으로 맛보는 실패에 마치 전문 도박꾼처럼 머리를 벅벅 긁어대며 분통을 터뜨렸다.

그들은 아직도 스마트폰의 존재에 대해서 모르고 있다. 백발백중의 경마 결과에 어지간하면 의심을 품어볼 법도 한데.

"보통 경마를 운칠분삼이라고 해서 운이 칠이고 분석이 삼이라고 하지만 그건 틀린 말이야. 경마는 분칠감삼이야. 분석이 칠이고 감이 삼이라는 거지. 그러니까 철저히 분석을 하고 감만 좋으면 100퍼센트의 승률도 불가능한 건 아니라는 거야."

혁준의 그 말을 한 점의 의심도 없이 그대로 믿는 바보 삼형제였다. 그러다 보니 이제는 말할 타이밍까지 놓쳤다.

이제 와서 그게 다 거짓말이고 모든 게 스마트폰 덕분이라고 하면 그들이 어떻게 나올지 감이 잡히지 않았다.

그들도 역시 사람이다 보니 물욕에 눈에 어두워 스마트폰을 탐낼지도 모르고, 아니면 믿음에 대한 실망으로 그들과의 신뢰 관계가 깨질지도 모른다.

어느 쪽도 혁준이 바라는 바가 아니었다.

지금으로써는 그들이 의심을 하지 않는 한 스마트폰의 존재에 대해서는 그저 묵묵히 입을 다물고 있는 게 최선이었다.

어쨌거나 바보 삼형제가 가식 없이 실망과 아쉬움을 표출하고 있는 마당이라 오히려 혁준의 고의성을 의심하는 사람은 없었다. 그래서 원망의 눈빛은 던져도 막상 그 원망을 행동으로 옮기는 사람은 없었다.

그렇게 마지막 열두 번째 경주가 끝이 났을 때, 혁준의 주위는 마치 초속 50m에 이르는 태풍이 지나간 것처럼 초토화가 되어 있었다.

그야말로 멘붕의 쓰나미였다.

오늘 하루의 모든 경주가 끝났는데도 누구 하나 일어서는 사람이 없었다.

횅한 경기장을 멍하니 바라보는 사람이 있는가 하면 양손으로 머리를 감싸 쥐고 고개를 푹 숙이고 있는 사람도 있고 연신 담배만 뻑뻑 피워대는 사람도 있었다.

그 모습을 보는 혁준은 비집고 튀어나오려는 웃음을 간신히 참아내고 있는 중이다. 그런데 그런 그의 시야에 다시 그리 유쾌하지만은 않은 광경 하나가 들어왔다.

자신의 마권을 훔쳐보는 눈에 유독 탐욕이 아니라 절박함만을 담고 있던 그 사내이다.

지금은 어깨를 축 늘어뜨린 채 한숨만 푹푹 내쉬고 있었다.

인생 다 산 얼굴이야 새삼스러울 것도 없지만 오늘은 유난히 더 얼굴이 어두웠다.

그 어두운 얼굴에 자꾸만 눈길이 갔다.

신경 쓰지 않으려고 해도 왠지 자꾸만 마음이 쓰여서 저도 모르게 돌아보게 됐다.

결국 참다못한 혁준은 그 사내에게로 다가갔다.

"이봐요, 아저씨."

혁준의 부름에 사내가 완전히 죽은 동공으로 혁준을 보았다.

그 죽은 동공이 한심스럽기도 하고 불쌍하기도 했다.

"이봐요, 아저씨. 전부터 보니까 한 번을 못 이기던데, 남의 마권이나 훔쳐보는 실력이라면 그냥 경마 같은 건 하지 않는 게 좋지 않겠어요?"

혁준의 말에 사내가 쓸쓸하게 웃었다.

"알고 있었군."

"그럼 다들 눈이 시뻘게서 내 마권만 보고 있는데 그걸 왜 모르겠어요?"

"그럼 일부러 틀리게 적은 건가?"

"지금 그걸 따져서 뭐하시게요? 중요한 건 아저씬 전혀 경마 체질이 아니라는 거죠. 그냥 일찌감치 정신 차리고 가정으로 돌아가시죠? 그러다 정말 패가망신한다고요."

"패가망신이라……. 더 당할 것이라도 있으면……."

그렇게 말하며 주머니에서 지갑을 꺼내 이리저리 흔들어 보인다. 언뜻언뜻 보이는 지갑 속은 이미 휴지 조각이 된 마권 뭉치 외에는 아무것도 없었다.

그러다 이젠 지갑조차 필요 없다는 듯 자조 섞인 웃음을 흘리며 툭 던져 버린다.

사내가 몸을 일으켰다.

"걱정해 줘서 고맙다만 어차피 이 짓도 오늘로써 끝이야."

그러고는 이내 터덜터덜 걸음을 옮겨 경마장을 떠났다.

그렇게 떠나가는 사내의 뒷모습이 영 찝찝한 혁준이다.

사내의 뒷모습에서 뭔가 기분 나쁜 예감 같은 것이 느껴진 때문이다. 스멀거리며 올라오는 기분 나쁜 예감이 자꾸만 신경을 거슬리게 했다.

그런 혁준의 시야에 문득 사내가 버리고 간 사내의 지갑이 보였다.

지갑을 주워 펼쳐 보았다.

그러자 안에 있던 마권이 우수수 쏟아져 내렸다.

지갑 안에는 마권 말고도 들어 있는 것이 더 있었다.

민증과 명함.

한성진(韓成振).

민증에 새겨져 있는 이름이다.

'한진테크 대표?'

한성진이란 이름과 함께 명함에 적혀 있는 글자이다.

'꼴에 사장님이란 건가?'

그것도 회사 이름을 보아하니 정보나 엔지니어 분야의 벤처 사업쯤 되는 모양이다.

그러고 보니 인텔리의 느낌이 나긴 했다.

'그래 봤자 쫄딱 망한 거겠지만.'

좀 배운 작자들 중에 허파에 바람 들어서 사업 좀 한답시고 까불대다가 홀라당 말아먹고 경마장이나 기웃거리는 경우야 흔하디흔하다. 이 한성진이란 사람도 결국 그런 케이스일 게 뻔했다.

'그런 작자에게까지 일일이 신경 쓰자면 한도 끝도 없지.'

혁준은 한성진에 대한 생각은 접기로 하고 곧장 집으로 돌아왔다.

그러나 집으로 돌아온 이후에도 멀어져 가던 한성진의 뒷모습이, 그 불길한 느낌이 도무지 머릿속에서 떨쳐지지가 않았다.

'아, 정말 돌아버리겠네. 그런 인간이 대체 나랑 무슨 상관이라고 내가 이러는 거지?'

급기야 스마트폰으로 한성진이라 이름을 검색하기에까지 이르렀다.

스마트폰으로 한성진이란 이름을 검색할 때만 해도 별반 기대를 하지 않았다. 사업을 말아먹고 경마장이나 기웃거리는 20년 전의 사람이 제대로 검색이 될 리가 없다 생각한 것이다. 검색 페이지에 한성진이란 이름의 동명이인들이 좌르르 나열되어 나올 때까지도 그런 생각은 변하지 않았다. 하지만 검색어로 한진테크를 입력해 엔터키를 친 순간, 혁준은 자신의 생각이 틀렸음을 인정해야 했다.

'뭐야? 의외로 꽤 유명한 사람이었던 건가?'

얼핏 보기에도 기사가 꽤 많았다.

혹시 동명이인의 기사는 아닌가 싶기도 했지만, 대부분의 기사에는 사진이 첨부되어 있고 그 사진은 분명 경마장에서 본 한성진의 얼굴이었다.

[한진테크 대표 한성진, 자동차 공기제어장치의 패러다임을 바꾸다]

―지난 4월 한진테크가 특허 출원한 자동차 공기조화 제어장치는 효율적인 공조 시스템을 구축할 수 있도록 히터 코어의 위치를 변경하여 공기 통로를 개선한 것이다. 이로 인해 종래의 공조 시스템이 사용자에게 여러 가지 비효율적인 측면을 발생시키던 것을 획기적으로 해소할 수 있게 되었다. 즉 블러워 모터와 열교환이 이루어지는 증발기 코어가 전열장치에 의하여 가열되는 히터 코어를⋯ 중략⋯⋯.

· 올라와 있는 신문지상의 기사들은 처음에는 대부분이 찬양 일색의 기사였다.

그런데 그 이후로는 자동차 공기조화 제어장치의 불완전함을 토로하기 시작했다. 한창 문제가 되고 있는 급발진 사례가 사실은 자동차 공기조화 제어장치로 인한 것이라는 고발성 기사까지도 있었다.

그중에 눈에 띄는 것이 하나 있었다.

[대기업의 횡포! 한진테크와 자동차 공기조화 제어장치, 결국 그 희생양이 되고 마는가?]

내용인즉슨 이랬다.

한국 자동차업계의 큰손 현도그룹이 한진테크의 자동차 공기조화 제어장치를 빼앗기 위해 급발진 등 전혀 근거도 없는 안전성 문제를 내세워 여론 조작을 했고, 그로 인해 한진테크가 부도 위기에 처했다는 것이다.

자동차 공기조화 제어장치에 관한 관련 기사를 보니 근거 없는 내용은 아니었다. 실제로 자동차 공기조화 제어장치는 지금으로부터 3년 후인 1995년에 현도그룹의 대표 특허기술로 등록이 되어 있었다.

"그냥 허파에 바람 들어서 사업이나 한답시고 까불대다 말아먹은 케이스는 아니라는 거군."

패배자가 아니다. 그저 권력과 돈의 힘 앞에 밟히고 깨진 힘없는 우리네 이웃일 뿐이다.

그렇게 생각하니 한성진에 대한 부정적인 편견이 많이 사라졌다.

그런 혁준의 눈에 다시 기사 하나가 들어왔다.

[벤처계의 신성 한진테크 한성진 대표, 끝내 사업 실패로 인한 비관 자살!]

"죽었다고?"

그를 더욱 놀라게 한 것은 그 기사가 올라온 날짜였다.

1992년 7월 29일.

바로 내일 자 신문이었다.

*　　　*　　　*

혁준은 급히 기사를 클릭했다.

―벤처계의 신성으로 주목을 받던 한진테크 한성진 대표가 7월 29일 00시 20분경 한강대교에서 사업 실패를 비관해 투신자살했다. 한성진 대표는 자동차 공기조화 제어장치를 개발, 일약 벤처계의 신성으로 주목을 받던 중… 중략…….

"7월 29일 00시 20분이면 앞으로 한 시간도 안 남았잖아?"

너무나 급작스러운 상황에 혁준은 잠시 어찌해야 할지 갈피를 잡지 못했다.

사실 한성진이 자살을 하든 말든 그가 상관할 바가 아니었다. 그저 경마장에서 말 한 번 나눴을 뿐 아무런 관계도 없었다.

하지만,

"왜 하필 오늘이냐고!"

오늘이 한성진의 마지막 배팅이었다.

그리고 그 마지막 배팅을 망쳐 버린 게 바로 자신이다. 물론 어차피 자신이 아니었어도 늘 그렇듯 한성진은 경마를 망쳤을 게 뻔했다.

하지만 그럼에도 마치 자신이 그를 자살로 내몬 것만 같아 기분이 더러웠다.

"아, 정말 돌아버리겠네!"

사실이야 어떠하든 적어도 누군가를, 그것도 대기업의 횡포에 희생양이 된 억울한 사람을 자신이 자살로 내몰았다는 죄책감만큼은 지고 싶지 않았다.

그리해 혁준은 곧장 택시를 타고 한강대교로 달려갔다.

거기에 있었다.

마침 한강대교 난간 위에 올라가 강물 속으로 뛰어내리려고 하고 있는 한성진이 혁준의 시야에 들어왔다.

그 순간 혁준은 아무것도 생각할 수 없었다.

오직 한성진을 구해야 한다는 일념으로 택시비도 내지 않고 곧장 택시 밖으로 튀어나갔다. 그리고 거의 빛의 속도로 내달리며 한성진을 향해 외쳤다.

"아, 씨발! 이 정신 나간 아저씨야! 뒈지려면 내일 뒈지라고!"

한성진이 한강대교 난간에서 뛰어내리고, 뛰어내리는 한성진의 뒷덜미를 잡아채 그대로 난관 안으로 집어 던지기까지는 그야말로 찰나에 이루어진 일이었다.

물귀신이 될 뻔했다가 간신히 살아난 한성진은 영문을 몰라 어리둥절한 표정이다.

"뭘 그렇게 멍청한 얼굴을 하고 있어? 당신 살았어. 안 죽었다고. 죽으려면 혼자 곱게 죽을 것이지, 애먼 사람 평생 죄책감 들게 이게 뭐하는 짓이야?"

한참을 멍청한 표정을 하고 있던 한성진이 멍하니 혁준을 보았다.

그제야 혁준이 자신을 구했다는 것이 인식되는 모양이다.

하지만 그것도 잠시,

"으엉엉엉!"

뭐가 그렇게도 서러운지 갑자기 바닥에 엎드려서 대성통곡하기 시작했다.

나이 서른에 시작한 사업이었다.

자동차 공기조화 제어장치를 개발하기까지 그로부터 9년이 걸렸다.

9년 동안의 고생이야 어찌 말로 다 설명할 수 있으랴.

부모님께서 물려주신 집은 은행 담보로 잡힌 지 오래되었고, 평생 지켜주겠다고 약속한 아내와는 결국 이혼을 해야 했다.

처음엔 잘될 거라고 응원하던 친구들도 어느 순간부터 하나둘 등을 돌렸다.

문턱이 닳도록 은행에 방문해 빚 구걸을 한 것이야 수를 셀 수도 없을 지경이다.

그렇게 오직 가능성 하나만을 보고 그의 청춘을 다 쏟아 부어서 만들어 낸 기술이다.

마침내 특허 출원까지 성공하자 각종 신문지상에서 그와 그의 기술을 찬양하는 기사들이 쏟아져 나왔다.

심지어 자동차업계 국내 굴지의 기업인 현도그룹에서는 특허권을 팔라며 그가 평생 벌어도 만져 보지 못할 거액을 제시하기까지 했다.

그때는 그동안의 고생을 보상받는 것 같아 당장 죽어도 여한이 없을 만큼 행복했다.

그렇게 세상은 한성진을, 한성진의 기술을 인정해 주었다.

세상을 다 가진 것 같은 기분이었다.

하지만 그 같은 행복은 불과 두 달도 가지 못했다.

그와 그의 기술을 찬양하던 언론들이 어느 순간부터 터무니없는 오보와 악의적인 중상모략으로 그와 그의 기술을 난도질하기 시작한 것이다.

아무리 해명을 해도 소용없었다.

이미 그를 죽이기로 작정이라도 한 것처럼 아예 그의 목소리를 들으려고도 하지 않았다.

언론의 힘이란 실로 막강했다.

발목이 잡혔다.

대출도 막혔다.

실용화와 안전성 테스트만 거치면 세상에 나올 수 있는 그의 기술이 제대로 날개도 펼치지 못한 채 사장될 위기에 처했다.

주식 상장까지도 내다보던 한진테크는 그렇게 부도 상황에까지 내몰렸다.

그때 현도그룹에서 다시 그를 찾아왔다.

아직도 특허권을 자신들에게 팔 생각이 없느냐며, 만일 마음이 바뀌었다면 5억에 살 생각이 있다고 제의해 왔다.

5억은 그들이 처음 그에게 제시한 금액의 정확히 10분의 1이었다.

그런데도 마음이 흔들렸다.

고작 8천만 원을 마련하지 못해서 회사가 부도 직전에 놓인 상황, 그 돈이면 빚을 청산하고 회사의 부도를 막을 수 있었다.

하지만 자동차 공기조화 제어장치가 빠진 한진테크는 알

맹이 없는 빈껍데기에 지나지 않았다. 자동차 공기조화 제어 장치를 잃은 한진테크는 이름뿐 아무런 의미가 없었다.

게다가 언론 조작과 여론 몰이의 뒤에 현도그룹이 있다는 것 정도는 알고 있었다.

거절했다.

고작 5억에 넘겨 버리기엔 지난 9년의 고생이 너무나 허무했다.

현도그룹의 농간인 줄 뻔히 알면서도 그 농간에 놀아나기에는 그의 자존감이 허락지 않았다.

그러나 그로 인해 예정된 몰락은 기어이 그와 한진테크를 나락으로 떨어뜨리고야 말았다.

내일이다.

1992년 7월 29일 12시를 기해 한진테크는 최종 부도가 확정된다.

그의 청춘을 바친 한진테크가 그렇게 거품처럼 사라져 버리는 것이다.

보고 싶지 않았다.

차마 볼 수가 없었다.

그래서 죽기로 작정했다.

'이놈의 더러운 세상, 미련 따윈 없다고!'

그렇게 생각하고 망설임 없이 대교 난간에서 뛰어내렸다. 그런데 막상 난간에서 발이 떨어지는 순간, 그동안 살아온 모든 순간이 주마등처럼 눈앞을 스쳐 갔다. 그리고 그 모든 순간이 미련이 되어 한꺼번에 몰아닥쳤다.

누군가의 손이 그의 뒷덜미를 잡아챈 것은 살고 싶다는 한 줄기 강렬한 본능이 뒤늦게 죽음에 대한 공포를 상기시키는 그때였다.

뒤이어 찾아온 어깨의 둔중한 통증이나 이마를 할퀴어가는 땅바닥의 거친 감촉 따위는 신경 쓸 겨를이 없었다.

뭐가 어떻게 된 영문인지를 몰라 급히 주위를 둘러보던 그의 시야에 낯익은 얼굴 하나가 들어왔다.

"뭘 그렇게 멍청한 얼굴을 하고 있어? 당신 살았어. 안 죽었다고. 죽으려면 혼자 곱게 죽을 것이지, 애먼 사람 평생 죄책감 들게 이게 뭐하는 짓이야?"

그렇게 투덜거리는 사람은 경마장에서 만난 그 고등학생이었다.

처음 얼굴을 본 것은 한 달쯤 전이다.

어떻게든 한진테크의 부도를 막아보기 위해 사방팔방으로 뛰어다녔지만 모든 은행에 현도그룹의 입김이 작용한 건지 현실은 막막할 뿐이었다. 어디에도, 그 누구도 그에게 도움을 주지 않았다.

그리해 자포자기의 심정으로 찾은 곳이 과천경마장이었다.

대학생으로 보이는 세 명과 한 명의 고등학생.

처음 그들에게 눈길이 간 것은 대학생으로 보이는 세 명이 고등학생으로 보이는 소년에게 스스럼없이 형님이라 부르며 존칭을 하고 있는 것이 이상해서였다.

그런데 그때 이백 배의 배당이 터졌다.

대학생 세 명이 신나서 떠들어대는 말을 들어보니 배팅 금액이 10만 원이었다.

10만 원의 240배, 2천 4백만 원.

경마 한 번에 2천 4백만 원을 번 것이다.

그뿐만이 아니었다.

이어진 남은 세 번의 경기를 모두 이겨 버렸다.

경마는 그저 운발이라고만 생각하던 그의 사고가 그때부터 180도 달라졌다.

'운발이 아니다. 분석만 잘하면 충분히 승산이 있는 게임이다.'

그것도 한 방으로 인생 역전을 노릴 수 있는 최고의 머니 게임.

고등학생도 하는 것을 대한민국 최고 학부의 공학도 출신인 자신이 못해낼 리가 없었다. 무엇보다 계산과 분석이라면 그의 전문 분야가 아닌가.

아무런 기대도 없이 자포자기의 심정으로 온 경마장에 그렇게 인생 마지막 승부수를 걸었다. 그러나 경마란 건 그가 생각하는 것만큼 호락호락한 것이 아니었다. 아무리 분석하고 계산해도 항상 결과는 빗나가기만 했다. 그렇게 일주일이 지났을 때, 경마란 건 그저 분석이나 계산만으로는 안 된다는 것을 뼈저리게 절감했을 때 세 명의 대학생과 한 명의 고등학생을 과천경마장에서 다시 보았다.

'지난번에는 그저 운이 좋았던 거겠지.'

일생에 한 번 있을까 말까 한 운을 그때 다 써버린 것이리라 그렇게 생각했다.

일생에 한 번 있을까 말까 한 운을 보고 거기에 혹해서 그만 자신이 헛된 욕심을 부린 것이리라 그렇게 생각했다. 그만큼 그때의 한성진은 경마의 불확실성에 철저히 농락당한 채 좌절감에 빠져 있는 상태였다.

그런데 아니었다.

그들은 그날 있던 열네 번의 경기를 단 한 번의 실패도 없이 모두 이겼다.

총 획득 금액 4천 8백만 원.

정확히 처음 온 날의 두 배를 딴 것이다.

잠시 시들해진 승부욕이 다시 불타올랐다.

그리고 그것은 이내 다시 좌절감으로 바뀌었고, 그들을 세 번째로 만났을 때는 의심만 남았다.

'혹시 승부 조작이라도 하는 거 아냐?'

고작 고등학생, 대학생들이 카지노도 아니고 경마장에서 승부 조작을 한다는 것 자체가 말이 안 되는 일이었지만 그보다 더 말이 안 되는 상황이 매번 벌어지고 있으니 의심이 안 생길 수가 없었다.

그때쯤 소문이 돌았다.

"그 왜 늘 붙어 다니는 젊은 애들 넷 있잖아. 지난번엔 영천에서 한탕 크게 하더니 저번 주엔 부산에서 또 싹쓸이를 했다더군."

과천경마장만이 아니라 전국 각지의 경마장이란 경마장은 다 돌아다니면서 돈을 긁어모으고 있다고 한다.

처음에는 대체 어떻게 그럴 수가 있느니 비법이 대체 뭐니 하면서 경마의 신이니 승부 조작이니 중구난방 떠들어대던 사람들의 눈빛이 차츰 달라졌다.

그 어린 '경마의 신'들이 나타나기만을 기다리고 있었다.

그리해 마침내 그들이 나타났을 때 그 소문을 들은 사람들은 죄다 그들이 구입하는 마권 번호를 훔쳐봤다.

그건 한성진도 마찬가지였다.

지금껏 살면서 단 한 번도 남의 물건을 탐내본 적이 없는 그다. 그런데 그때만큼은 그 유혹을 도저히 뿌리칠 수가 없었다.

그리해 훔쳐봤다.

한데 너무도 절박한 상황에 어쩔 수 없이 양심마저도 팔아버렸건만 참으로 무심하게도 결과는 어이없이 대참패였다. 이혼한 전처에게서 구걸하다시피 하며 빌려온 100만 원을 그렇게 허무하게 날려 버렸다.

화도 나지 않았다.

그 고등학생이 일부러 틀리게 적었다는 것을 알게 되었을 때도 원망조차 일지 않았다.

그저 끝났다는 절망감뿐.

한 올의 희망도 남지 않았다.

일말의 여지도, 다른 선택지도 없는 완벽한 절망.

그리하여 한강대교를 찾았고, 강물로 뛰어들었다.

그런데 누군가가 그를 구했다.

그를 구한 누군가가 한 올의 희망도, 일말의 여지도, 다른 선택지조차도 남겨두지 않고 그의 마지막 호흡기를 떼어버린 그 고등학생이란 걸 확인하자 왠지 갑자기 눈물이 왈칵 쏟아져 내렸다.

살았다는 안도감은 이내 서러움이 되고, 끝내 끊지 못한 미련은 억울함이 되어 휘몰아쳤다.

감정이 북받쳐 오른 한성진은 끝내 울음을 터뜨렸다. 한번 울음이 터지자 걷잡을 수가 없었다. 그렇게 한성진은 어린 고등학생 앞에서 창피함도 잊은 채 엉엉 서럽게도 울었다.

*   *   *

혁준은 갑자기 어린애처럼 울음을 터뜨리는 한성진의 모습에 그저 어안이 벙벙할 뿐이었다.

'뭐야, 이 사람?'

난감했다.

기껏 살려줬더니 울음부터 터뜨리는 것도 황당한데 도무지 그칠 기미가 보이지 않았다.

말리자니 어린아이들이 대개 그렇듯 더 크고 더 서럽게 울어댈 것 같고, 그렇다고 이대로 두고 보자니 언제 그칠지 기약을 할 수가 없다.

'이것 참, 이대로 두고 가버릴 수도 없고……'

그랬다가 다시 강물로 뛰어들기라도 하면 어쩌란 말인가.

별다른 수가 없었다.

언제 그칠지는 모르겠지만 그칠 때까지 기다리는 수밖에.

한성진이 울음을 그친 것은 그로부터 세 시간이 지나서였다.

그런데 울음 뒤에는 신세 한탄이다.

"자그마치 9년이었어, 9년! 그거 하나 만들려고 9년을 밤낮없이 죽어라 고생했다 이 말이야."

그렇게 시작된 한성진의 신세 한탄은 전부인과의 행복하던 결혼 생활에서부터 지옥 같던 이혼 과정, 현도그룹에 대한 치 떨리는 분노와 그로 인해 부도 위기에 내몰린 참담한 심정까지 참으로 구구절절했다.

"정말로 이놈의 더러운 세상, 미련 따윈 없을 줄 알았지. 근데 말이야, 사람이 참 간사한 건지 막상 죽으려고 뛰어내리니까 그렇게 죽는 게 너무나 억울하더라고. 적어도 말이지, 적어도 내가 9년이나 공들여 만든 내 피 같고 살 같은 그놈을 세상 빛은 보게 하고 죽어야 죽어도 눈을 감겠더라 이 말이네."

이 눈물 없이는 들어주기 힘든 구구절절한 신세 한탄에도 혁준의 표정은 점점 불쾌해지고 있었다.

그도 그럴 것이,

"그래서 말인데… 그래서……."

그렇게 운을 떼는 한성진의 눈빛이 무얼 의미하는지 바로 알아차렸기 때문이다.

'이거… 설마… 물에 빠진 거 구해줬더니 보따리 내놓으라는 거 아냐?'

아니나 다를까,

"나한테 8천만 원만 빌려주면 안 될까?"

보따리 타령이다.

"물론 염치없다는 건 나도 알고 있는데… 학생이 나 좀 살려주면 안 될까? 경마로 돈도 많이 벌었잖아? 학생한테 팔천이야 경마 몇 번 하면 버는 돈일 테지만 나한텐 그 돈이면 내가 9년을 피와 땀으로 일군 내 기술을 지킬 수가 있는 돈이네. 그러니 제발 사람 하나 살리는 셈 치고 좀 도와주게."

순간 짜증이 확 치미는 혁준이다.

하지만 그 짜증은 한성진의 이어진 말에 씻은 듯이 사라졌다.

"대신 다른 건 다 가져가도 돼. 회사고 지분이고 특허고 난 다 필요 없네. 오직 내 기술만 세상에 내놓을 수 있으면 그걸로 충분해. 이미 한 번 죽은 목숨인데 이 지경이 돼서 내가 뭘 더 바라겠나?"

한성진을 보는 내내 짜증만 잔뜩 담고 있던 혁준의 눈이 그 순간 어떤 흥분으로 반짝였다.

'회사고 지분이고 특허고 다 나한테 준다고? 팔천이면?'

한성진이 개발한 자동차 공기조화 제어장치가 향후 자동차 시장에 얼마나 지대한 영향력을 끼치게 되는지 이미 검색을 통해 다 알고 있는 상태였다.

그 특허권 하나면 단순 가치로 계산하더라도 수십 억, 아니, 사용하기에 따라선 수백, 수천억이 될 수도 있는 무한한 가능성을 가진 기술이었다.

그걸 8천에 살 수 있다면, 그것도 특허권만이 아니라 한진테크의 지분까지 얹어서 살 수 있다면 그건 그야말로 거의 공짜나 다름없었다.

잠시 날카로운 눈으로 한성진의 진의를 살피던 혁준은 이내 결심하고는 그 앞에 같이 쪼그려 앉았다.

눈을 맞췄다.

그리고 짐짓 친근한 미소를 입가에 걸고는 친절하게 말했다.

"좋아요. 그럼 우리 이제부터 진지하게 얘기 좀 해보죠."

『세상을 다 가져라』 2권에 계속…

내일을 향해 쏴라

김형석 장편 소설

FUSION FANTASTIC STORY

1만 시간의 법칙!
'성공은 1만 시간의 노력이 만든다'는 뜻이다.

그러나…
사회복지학과 복학생 수.
전공 실습으로 나간 호스피스 병동에서
미지와 조우하다.

1만 시간의 법칙?
아니, 1분의 법칙!

전무후무한 능력이 수에게 강림하다!
맨주먹 하나로 시작한 수의
인생역전이 시작된다!

Book Publishing CHUNGEORAM

유한이 아닌 자유추구
WWW. chungeoram.com

우각 新무협 판타지 소설

북검전기

FANTASTIC ORIENTAL HEROES

2014년의 대미를 장식할,
작가 우각의 신작!

『십전제』, 『환영무인』, 『파멸왕』···
그리고,
『북검전기』
무협, 그 극한의 재미를 돌파했다.

북천문의 마지막 후예, 진무원.
무너진 하늘 아래 홀로 서고, 거친 바람 아래 몸을 숙였다.

살기 위해! 철저히 자신을 숨기고
약하기에! 잃을 수밖에 없었다.

심장이 두근거리는 강렬한 무(武)!
그 걷잡을 수 없는 매력이,
북검의 손 아래 펼쳐진다!

Book Publishing CHUNGEORAM

유행이 아닌 자유추구 -
WWW.chungeoram.com

용마검전

FANTASY FRONTIER SPIRIT

김재한 판타지 장편 소설

「폭염의 용제」, 「성운을 먹는 자」의 작가 김재한!
또다시 새로운 신화를 완성하다!

『용마검전』

사악한 용마족의 왕 아테인을 쓰러뜨리고
용마전쟁을 끝낸 용사 아젤!

그러나 그 대가로 받은 것은 죽음에 이르는 저주.
아젤은 저주를 풀기 위해 기나긴 잠에 빠져든다.

그로부터 220년 후……

긴 잠에서 깨어난 아젤이 본 것은
인간과 용마족이 더불어 살아가는 새로운 세상이었다.

Book Publishing CHUNGEORAM

두뇌가 아닌 자유추구 -
WWW.chungeoram.com

문용신 新무협 판타지 소설
FANTASTIC ORIENTAL HEROES

절대호위

한량 아버지를 뒷바라지하며
호시탐탐 가출을 꿈꾸던 궁외수.

어린 시절 이어진 인연은
그를 세상 밖으로 이끄는데……

"내가 정혼녀 하나 못 지킬 것처럼 보여?"

글자조차 모르는 까막눈이지만,
하늘이 내린 재능과 악마의 심장은
전 무림이 그를 주목하게 한다.

"이 시간 이후 당신에겐 위협 따윈 없는 거요."

무림에 무서운 놈이 나타났다!

Book Publishing CHUNGEORAM

유행이 아닌 자유추구 -
WWW.chungeoram.com